직박구리의 봄노래

파란에서 펴낸 홍신선의 책
사람이 사람에게(시선집), 2015

파란시선 0021 직박구리의 봄노래

1판 1쇄 펴낸날 2018년 6월 22일
1판 2쇄 펴낸날 2019년 3월 10일
지은이 홍신선
디자인 최선영
인쇄인 (주)두경 정지오
펴낸이 채상우
펴낸곳 (주)함께하는출판그룹파란
등록번호 제2015-000068호
등록일자 2015년 9월 15일
주소 (10387) 경기도 고양시 일산서구 중앙로 1455 대우시티프라자 B1 202호
전화 031-919-4288
팩스 031-919-4287
모바일팩스 0504-441-3439
이메일 bookparan2015@hanmail.net

ⓒ홍신선, 2018, printed in Seoul, Korea

ISBN 979-11-87756-18-7 04810
      979-11-956331-0-4 04810 (세트)

값 10,000원

직박구리의 봄노래

홍신선 시집

뜻하지 않게 귀촌을 했다. 그리고 변함없이 작품을 썼다. 이번 시집은 귀촌 이후의 작품들로 엮는다. 아래 글은 그 귀촌의 후일담이다.

"그 외진 산골에 들어가 어떻게 살아?"

"괜찮습니다. 대학 선생 오래 한 덕 보는 건 혼자서도 잘 논다는 거지요. 아마 저 혼자서도 잘 놀 겁니다."

얼마 전 집안 형님 한 분을 만나 여러 얘기 끝에 이런 수작을 나누었다. 선대(先代) 조고(祖考)의 묘하(墓下)에 작은 집을 마련하고 귀촌을 한 다음이었다. 동탄 신도시에서 쫓겨 나올 때 우리 집안은 이곳 산골로 선대 조고들을 모시고 내려왔다. 그리고 십수년을 지나 나는 학교 일을 접었고 백수 노릇도 그만 지겨워진 끝에 이 마을로 낙향한 것이었다. 덩달아 학교 일할 때 보던 각종 자료와 책, 잡지들도 여기에 와 비로소 제자리를 잡았다. 그동안 여기저기 끌고 다녔던 책짐들인데 역시 나를 따라와 정착을 하게 된 셈이다.

그리고 지금껏 막연하게 무엇엔가 쫓긴다는 도시적 삶의 강박도 이곳에 와 나는 내려놓게 되었다. 대신 하루의 긴 시간 대부분을 혼자서 놀며 사는 팔자가 되었다. 아니다. 정확하게 말하자면 나는 그 시간들에 제임스 조이스, 헤르만 헷세, 마루야마 겐지와 같은 작가들을 만나 논다. 그도 아니면 유실수를 비롯한 나무들 가꾸기나 터앝 일구는 일로 메운다. 그 탓일까. 나는 새삼 이곳의 새와 짐승, 나무들을 각별하게 상면하게끔 되었다. 뿐만인가. 아침저녁 놀과 달, 별들의 전에 몰랐던 품새와 움직임과도 만나게 됐다. 그러다 보니 이들, 자연 이미지들이 자연스럽게 작품들 속에 두루 자리 잡는다. 겸해서 졸시에다 "앞산 하늘 끝 뜬 노을 아내 삼고 뒷산 고라니 자식 삼네" 하는 허황한 수작까지 늘어놓기에 이르렀다.

　일찍이 송나라 때 시와 그림만을 그렸던 전업 시인 임포(林逋)는 매처학자(梅妻鶴子)라고 했다. 그는 평생 결혼을 하지 않았다. 대신 자기 은거지의 매화를 아내로 삼고 두루미를 자식 삼아 살았다고 한다. 또 죽을 때는 생평에 썼던 시와 그림을 모두 불살랐다고도 한다. 그렇다. 저 철저한 은일의 삶을, 그 흥취를 내 어찌 감히 흉내라도 낼 터인가. 그렇긴 해도 마지막 생을 위해 들어온 이 산골 자연 공간이야말로 내 말년 와유(臥遊)의 창작 산실이 아닐 것인가 싶다.

―「산골 자연과 보내는 한 시절」

2018년 이른 봄 오류헌(五柳軒)에서

지은이

차례

제2부

제3부

제4부

해설

제1부

가을비

누가 가을비는 소리만 온다고 했나.

비는 꼬리를 올려 세우고 고목이 다 된 호두나무를 기어오르거나 순간 허공의 거죽을 타고 주르륵 미끄러져 내린다.

오늘 저 숱한 새끼 얼룩 고양이들 발소리 죽여 이 나라 전역에 흩어져 달아난다.

찬바람머리 가을비는 소리도 없이 고양이 걸음으로 온다.

우두커니

　우두커니 늦여름 뙤약볕 속에 물꼬 건사한 뒤 서 있는 삽 한 자루.

　신새벽 골목길 청소차 지나간 뒤 찌그러진 양은 냄비 전두리에
　우두커니 말라붙은 라면발 한 가닥.

　우두커니 늙은 엄마 손에나 끌려가는 정신 성치 않은 반편이 중년 아들.

　풀 베고 난 밭두둑 뭇 풀벌레마저 장애로 만든 죄는 어느 누구에게 빌어야 하나
　우두커니 허공에 떠도는 혼이 나간 모빌 기름내 긴 토막.

직박구리의 봄노래

휘거나 굽은 나무를 보면 거기 뭔가 그동안 얹혀 있었구나 싶다. 텃새일까? 세월일까? 마침 날아든 직박구리가 제 목청에서 몇 말들이 쌀푸대 마구리를 연다. 절량(絕糧)의 시절도 아닌데 웬 쌀을 풀어 먹일 참인지. 이밥꽃이 흰쌀을 고봉으로 챙겨 간다. 겨우내 손발 다 닳은 단풍나무가 욕심껏 쓸어 담아 간다. 이미 쌀 씻어 밥솥에 갈급하게 안친 미루나무에선 밥내가 돈다. 그러면 저 새가 쫘르르 쫘르르 사방으로 퍼 내주는 게 정녕 입쌀일까. 아니지. 굽거나 휠 정도로 때로는 몇 말들이 허기를 때로는 풍찬노숙을 얹고 사는 이 동네 나무들. 지금도 새가 와 그 자리 노숙 중인 허공을 끌어내리고 좀 더 높이 노래를 얹고 있다. 구휼미처럼 풀어내는 저 악곡을 인근 푸나무들은 제 양껏 받아 간다. 수금(豎琴)으로 뭇 짐승과 푸새를 다스린 오르페우스인가 그렇게 이 봄날 휘거나 굽은 나무들이 체관부 속의 간 겨울 극한 허기를 진휼한다.

으흐흐 지가 무슨 오르페우스라고 신새벽부터 날아온 직박구리야.

봄꽃 적막

딱 그 짝이네 매처학자 시늉으로
앞산 하늘 끝 뜬 노을 아내 삼고 뒷산 고라니 자식 삼네

저 여자 노을은 살림 빠듯한 집구석이라
아침저녁 하늘가 텅 빈 쌀독 바닥 긁는 소리로 오네.
됫박으로 하루치 날빛들 퍼내네.
그리곤 팻거리 씻어 안친 무쇠솥 앞에 쭈그려 앉은 뒷모습
얼룩 든 단벌 붉은 홑치마 걸쳤을 뿐이네.
허기진 공복에 밤새 운 막둥이 고라니는 간 겨우내 말라 비틀어진
시간이나 잘라먹곤 하는데

이 마을의 이 허공 저 허공에도
전문 시위꾼처럼 떼로 와 함성 만발한 봄꽃들
의 깊은 적막 속에
저 하처미자 처자식 데리고
나도 홀로 마음 열고 노니네. 하릴없이 이 산골에 뒹구네.

- 매처학자(梅妻鶴子): 송나라 때의 전업 시인인 임포(林逋)는 매화를 아내 삼고 두루미를 자식 삼아 평생 숨어 살았다고 한다.
- 하처미자(霞妻麋子): '매처학자'를 본떠 만든 말. 노을을 아내 삼고 고라니를 자식 삼는다는 뜻이다.

귀촌

1

때때로 마음 시끄러우면 참호처럼 거기 지옥을 파고 들
앉았었다.

사람과 사람 사이
별수 없어 또 사람들만 빼곡히 채워 넣고
그들의 부싯돌 불 튀듯 맞부딪는 살기와 충동조절장
애를
나는 이리저리 비키고 쓰다듬어 달랬었다.

그렇게 열 길 스무 길 지옥을 파고 들앉던 서울도
뒤늦은 할아비 노릇도 퇴물 교수질도 모두 접고 내려와
이 외진 시골 단칸방에 끼고 누워
시간의 거칠거칠한 몸뚱이를
새삼 어루만진다.

2

사람과 사람 사이, 예서는

그 사람 대신 등 굽은 호두나무나 널찍널찍 들여앉힌
다.

분 떠서 이사 온 호두나무들이 고정용 통대나무들을 탈
색된 훌라후프처럼 엉덩이께 걸고 섰다. 막힌 곳을 쳐내
고 물길 바로잡는

겉늙은 도랑 살리기 사업이 한창이다.

아직도 낯가림이 심한지 허공 뒤로
뒤로 숨어 날리는
싸락눈의 사소한 몇몇 얼굴

참, 이른 봄이다.

폭염

묻지 마라 백 몇 년 만의 폭염 속 무엇을 하며 지냈느냐
그해 여름 나는 팔대산인의 산수첩 속에 가 놀았다.
그동안 끼고 살던 시도 잠시 내려놓고
개론 정도 시어 터진 철학 담론도 훌훌 털어 접고
나는 화폭 속 저 산 밑 물가에서
등목이나 했다 그리고 호미로 풀들을 잡았다.
더러 낮잠에서 깨어 둘러보면
못 보던 낯선 적막이 우두커니 앉아 나를 내려다볼 뿐
사람은 왜 모두 지웠는지 어디에서도 기척이 없다.
대신 거기서 나는 보았다 국지성 호우 지나간 뒤
초막집 마당 토사가 쓸려 내린 자국
겉늙은 바랭이 풀이 떠내려오는 토사를 전심전력 등
돌려
저 혼자 막아 낸 걸
가닥 실한 겉뿌리로 악착같이 그 전역을 붙잡고
살아 낸 걸 보았다.
장지(長指)엔 평생 펜대 잡느라 구덕살 깊이 박혔는데
벌써 먹고 배설하는 단순 기계인지
이번엔 폭염 속 호미질로 손아귀에 물집만 툭툭 솟고
묻지 마라 백 몇 년 만의 폭염 속 무엇을 하며 지냈느냐

지워진 인간 하나 건곤을 지고

체제 밖 체제 밖으로만 떠돌던,

색 낡은 산수첩 속 그렇게 갈필로 패망한 왕조를 등짐

삼아 졌던

바랭이 풀 닮은 미치광이 사내 하나 만나

여름내 놀았다.

●팔대산인(八大山人): 청대의 대표적 서화가. 본명은 주탑(朱耷). 명
 말 황족으로 태어났으나 청 왕소 선국에 따라 난민으로 떠돌다 승려
 로 둔세했다.
●산수첩(山水帖): 산수화들을 모은 화첩.

합덕장 길에서

아침나절 읍내 버스에 어김없이 장짐을 올려 주곤 했다
차 안으로 하루같이 그가 올려 준 짐들은
보따리 보따리 어떤 세월들이었나
저자에 내다 팔 채소와 곡식 등속의 낡은 보퉁이들을
외팔로 거뿐거뿐 들어 올리는
그의 또 다른 팔 없는 빈 소매는 헐렁한 6.25였다
그 시절 앞이 안 보이던 것은 뒤에 선 절량 탓일까
버스가 출발하면
뒤에 남은 그의 숱 듬성한 뒷머리가 희끗거렸다

그 사내가 얼마 전부터 보이지 않는다
깻박치듯 생활 밑바닥을 통째 뒤집어엎었는지
아니면 생활이 앞니 빠지듯 불쑥 뽑혀 나갔는지
늙은 아낙과 대처로 간 자식들 올려놓기를
그만 이제 내려놓았는지
아침 녘 버스가 그냥 지나친 휑한 정류장엔
차에 올리지 못한
보따리처럼 그가 없는 세상이 멍하니 버려져 있다

읍내 쪽 그동안 그는 거기 가 올려놓았나

극지방 유빙들처럼 드문드문 깨진 구름장들 틈새에
웬 장짐들로
푸른 하늘이 무진장 얹혀 있다

늦깎이 공부

  무너진 축대 위 양귀비 붉은 꽃이 스스로 피었다 저절로
진다.

  그 자리 해진 구멍이라도 남았나
  살펴보면 세제로 씻은 듯 흘린 거 묻은 거 없는 허공이
천연덕스레 깊은데
  내 가고 난 뒷자리는……

  경전 한 페이지 사적(私的)으로 펴든 한해살이 저 풀에
게도
  이제 한 무릎 꺾고
  방과 후 뒤늦은 나머지 공부
  졸업인 듯 해야 하리.

한 고전주의자의 독백

밭두둑에 심은 작두콩 가녀린 넝쿨이 쥐엄 쥔 손을 펴
새벽 허공을 끌어당긴다.
　그리곤 버팀대 놔두고 굳이
　제 옆 무녀리 넝쿨의 어깨를 짓누르고 한 발짝 더 올
라선다.
　남의 야윈 등짝을 사이코패스처럼 찍어 누른
　그 손발을 나는 슬그머니 치워 준다.

　저 하고 싶은 대로 하는 건 자유가 아니지. 남의 파리한
등줄기 찍어 누른 게 이념은 아니지.

　괴춤을 부여잡고 공중변소 앞인 듯
　긴 줄 선 방둥사니들이 어쩌랴 바로 그런 게 삶이라고
　서로가 서로에게 생각 비켜 주는
　이 아침을
　나는 입안에 몇 마디 물었다 뱉는다.

　허공을 끌어내린 쥐엄질하던 어린 손
　이번엔 햇살 속을 더 기막히게 헤집어 까드는데……

뭘 허공에 쓰나

1

허공을 빗돌 삼아 앞에 뉘어 놓고
그가 새기고 써 내려가고자 한 최상승의 글 한 줄은 무
엇인가.

변두리 없으니 한복판이 없고 내가 없으니 네 또한 없고
늙음 없으니 젊음이 없고 낡음이 없으니 새로움은 어
디 있는가
깊음이 없으니 얕음은 어디 있는가

어리석어라
이미 누군가 허공을 그냥 저리 한 개 마음으로
써 놓았으니
무엇을 더 거기 새길 일인가.

2

마을 회관 앞 느릅나무 잎눈이
공중에

거우내 피 듬뿍 찍은 붓끝을 중봉(中鋒)으로 쥐고 섰다
가끔 붓방아를 찧는다

뭘 허공에 쓰나

닷새 장날

한 귀퉁이 깨진 텅 빈 플라스틱 의자에
색깔 바랜 시간이 앉아 기다린다.
마을로 가는 군내 버스는 몇 시 차인지
얼마쯤 기다려야 하는지

찌들고 겉늙은 저 아낙이 뜯던 무른 빵 조각처럼
건너편 차고지 위에 구름이 떴다. 구름이 하늘을 꾸역
꾸역 뜯어먹는 중이다.
정체인가? 허구리 움푹 꺼진 검정 비닐봉지를 든
매지구름이 가다 서다를 반복하며 지나간다.
거기도 제분소 농약사 다방 이용원들이 비좁은 골목을
만들어
낮은 어깨들 부딪고 섰을까 닷새장이 설까

해 질 녘 차에는 병원 왔다 가는 늙은 아낙들뿐인데
버스 타고 가는 동안 안내 방송 나오면
각자 뿔뿔이 제 몫의 시간에서 하차할 뿐인데
나 역시 과연 어느 방면 얼마를 더 가야 내릴 건지

하는 막막함에 갑자기 목이 컥컥 마렵다

실토할 것 토할 일도 없는데 웬 서글픔 덩어리인가.
건너편 간이 건물 어깨를 짚고 딱하다는 듯 넘겨다보는
가슴에 이내를 띠 두른 여름 산과 그 뒤 여름 산.

기다림이 사는 일이어서 그냥 기다리는 일로
분주한 읍내 종합 버스 터미널.

달개비

깡마른 육체 속에 막 짓다 만 열반인지
그 비좁은 실내에
천장까지 목숨의 환락을 새파랗게 쟁인 게
반쯤 무너진 잎 마디의
겨드랑이 틈새로 들여다뵈는

징그러운 더위도
택배 선물처럼 수납해
집 뒤 야트막한 자드락에
사소하게 핀

늦여름 달개비꽃.

별똥

어둠 속 누군가의 눈가에서 주르륵 뜨거운 마지막 눈물
한 줄기 흘러내린다.

환하게 꺼지는 저 일순

웬 고결한 목숨이 또 어느 허공 호스피스 병동에서 소
리도 없이 잠적하나 보다.

물도 때로는 불길이다

　서울 아파트 거실서 지내던 난 화분들을
　시골집으로 데려와 마당에 내놓는다.
　어리둥절 며칠 뒤 난 잎에 거뭇거뭇 흑반이 끼기 시작
한다.
　하나둘 예외가 없다.
　긴 잎은 가운데가 갈라지고 이내 잎끝부터 마른다.
　결국 실내에서 컸던 난 잎들
　모두 말라 떨어진다. 지난날 강직함을 털썩털썩 내려
놓는다.
　자디잔 난석 틈에는 새 촉들이 솟는다.
　품새의 크기와 색깔을 바꿔 밀어 올린 저 민낯들
　낯선 바람과 햇볕에 근성 바꿔 어울리는
　단순 적응인가 방어인가
　머잖아 죽을 자리 잡는 짐승인 듯
　여기 으늑한 산골 마을을 골라 나는 왔다.
　귀촌은 도연명(陶淵明)이 원조지만 이 구석진 동네 아
무개로 와
　새참에 몇 잔 털어 넣는 막소주가
　허기진 내 내벽에 홧홧한 불길로 치붙어 오르는데
　저는 무엇에 허기졌는가 자질한 고랑물이 터앝의 두

둑마다
　흙을 머금고 위로 위로 치솟는 걸 본다.
　보고 있으면 꼭 절정까지 솟구치는 불길이다.
　퇴경(退京) 전 달래고 쓰다듬던 서울을 내려놓고
　적응인지 방어인지
　본색을 바꿔 가며 이즘 나도 새 촉들을
　절정까지 푸른 불길들로 밀어 올린다.

할

탈출하는 성난 흰곰처럼 빙산 속 빙산 두어 마리가
몸 낮춰 웅크렸다 튀어 오르고
튀어 오르다 끝내 기진해서는 되미끄러져 내리는
그 짓을 수수 십 길 빙벽에서 쉼 없이 되풀이하는

콱콱 찍던 발톱 부러지고 견갑골도 어슷이 쪼개져서는
털썩털썩 붕괴하는
쉼 없이 그 짓으로 되풀이 되풀이 곤두박질 처박히는

대군단으로 내 안에 뜬 일망무제 유빙들
그 얼음산 등성이께서 잠깐 허리 편 늙다리 시지푸스
몇이
내게 먹이는

나날의 생에 웬 조리(條理)가 있겠느냐는
그런 할(喝)
한 방.

제2부

생활

A4 용지에 이즘 생활이 전폭 텅 비어 있다.

거기 나를 무릎 꿇려 앉히고
나는 서산대로 짚어 가며 나에게 허무경(經)을 읽힌다.
하루 한 차례씩이다.

진동 모드의 핸드폰이 진저리 쳤나,
그러나 막상 폴더 열면 텅 빈 액정 화면만 빠끔 내다볼 뿐
어디서고 후일담은 오지 않는다.

낮잠 막바지 좌심방의 어디선가
쾅, 쾅, 앞날이 무섭게 닫힌다.
아무리 귓속을 열고 털어 내도 생활은 쏟아지지 않는다.

싱크대에서 쌀 대껴 저녁 밥물 붓고
가늠하느라 담근 손등에 찰랑대는 후반생의 고요.

이때쯤 A4 용지에서 끓던 신경이
눌어붙는다. 다시 전폭 텅 비워진다.

경칩

도로 옆 나도박달나무가 제 둥치 물관에서
쿨럭쿨럭 쏟아 놓는 펌프질 소리
끝내 입 터지고 말문 터진 땅속 물의 왁자지껄한 소리

재개발 해제된 이 일대
씨알때기 없는 탐욕에 골반뼈 깨지고 부서진
빈 공터 하나 주저앉혀 두고
겨우내 으늑히 잠자던 개구리 입천장 떨어지는 소리
입맛 다시는 소리

젖몸살 난 숙근초가 몸 안의 냉동고 열고 어린 새 움들
꺼내는 소리
싹눈에 피 칠갑하는 소리
눈 반짝 뜨고 껌벅이는 소리

고층 아파트 어깨 너머 배 깔고 엎드린 구름 등짝에
부항 몇 방 떴을 뿐인데
매캐한 바람 속
병 뒤에 일어나 앉아 나는 가늘게 흘러갈 뿐인데

경칩이다

먼 길

때 없이 시간이 기어 오르내린 벚나무 아름드리 둥치엔
겉껍질 틈새 실낱의 고샅길이 나 있다.
그 길로 올해도 긴적없이 왔다 가는 봄 한철
이제 나도 하직하련다.
바람 없어도 때 없이 낙하하는
저 사창고개 줄지어 선 벚나무 떼구름 꽃들 속
꽃 진 자리가 더 큰 허공에게 자리 내주는
그 숨어 있는 자드락길로
내 가련다.
이 세상 너머 더 환한 세상 없어도
더러는 길 잘못 들어 옛날이 고스란히 살고 있는
과민소국 어느 낡은 집 걸쇠 따고 들어가 유폐될지라도
더러는 잘못 든 길 되짚어 나와
다시 남부여대 지고 이고 가는 유목의 뭇 마방들 뒤따라
황천의 천산북로 머나먼 길 헤맬지라도,
벚나무 떼구름들 속 내려가는
이 봄 한철의 하직 길
아파트 후문 근처 맥줏집에서 수입 맥주 한 병 입매나
하고
나도 긴적없이 휘적휘적 가련다.

앞서간 치들의 발자국 환할 일은 없지만

누구나 하늘에는 자기 길이 따로 있어 그 길 오고 갈
마련이다.

●긴적없이: '긴요한 자취 없이'라는 뜻의 경기도 방언.

입춘 근방

  곧추선 품새로만 치면 갈대는 영락없는 삼천 척(尺) 폭
포다.
  햇볕 속 바싹 여윈 정수리에서 발뒤꿈치께로
  적막들이 굴러떨어지는 반짝이는 폭포다.
  이 갈밭에는 그런 폭포들이
  길길이 굉음의 침묵들을 쏟아 낸다.
  그 폭포의 물길들은 어디서 시작되는지
  바싹 마를수록 내부의 수십 길 마음에 얹힌 집착을
  선뜻선뜻 내려놓는 소리
  그만하면 됐다 그만하면 됐다
  살그락살그락 광휘롭게 쏟아져 내리는 침묵의 굉음들.
  그 소리들마저 이즘엔 잦아들고
  그리곤 하나둘 미련 없이 꺾인다.
  꺾여 제 뿌리 근방 어디론가에도 편안히 가닿지 못하
는데
  그래도 갈대는 도무지 아프지 않게
  본색 그대로 꺾이고 떨어지는
  내 마음의 폭포.

  말문에 걸쇠 걸어 둔 하늘은 영영 침묵이다.

그만하면 됐다고 말문 터질

늙은 설매화의 꽃눈들 아직은 덩달아 입 봉했는데

누군가 철수하면 누군가 또 새로 진주해 오는 입춘 근
방.

●삼천 척: 이백의 시구 '비류직하삼천척(飛流直下三千尺)'에서 가져
왔다.

동화

옛날 옛적 가갸거교 뒷다리 적 일입니다
그날도 장마당에서 팔다 남은 마음을 주섬주섬 되이고
귀가하는 길이었습니다.

한 고개 넘으면 내 안 잡아먹지 진흙범 말에 떨이하듯
파치들 몽땅 내려놓고
또 한 고개 넘으면 내 안 잡아먹지 진흙범 말에 이번엔
함지박 내려놓고
또 한 고개 넘으면 내 안 잡아먹지 진흙범 말에 이번엔
비린내 역한 살과 피 내려놓고
또 한 고개 넘으면 내 안 잡아먹지 진흙범 말에 드디어
는 금물 잘 들인 부처를 내려놓고
또 한 고개 넘으면 내 안 잡아먹지 진흙범 말에 그만 후
다닥 나를 내려놓고

뭐 그랬다나 어쨌다나
그런 행역(行役)이나 팔던 방물장수 어멈 얘기 옳습니다.

●진흙범: 이호(泥虎). 진흙으로 빚은 호랑이.

왕벚나무 꽃

거름 퍼 끼얹은 똥밭에 뒹굴어도
누구나 살(肉) 밑에 남모를 극락은 묻고 살 마련이다.

앳될수록 저것들은 왜 희멀건 조그만 엉덩이를 까고 둘
러앉았는가.
둘러앉아 헐거워진 괄약근에 줄방귀들을 쏟는가.
그 항문 근처에 탁발 나온 일벌 몇 쿵쿵거리고
구경났다는 듯 일손 논 봄볕들 깔깔거리고
한나절 내 깔깔거리고

터앞 둑의 외그루 왕벚나무가
이즘 환한 공중변소를 대궐만 하게 지어 놓았다.

헌책방

쌀 한 봉지, 연탄 두 장 사기 위해 내다 판
자취방의 참고서와 민중서관 포켓판 영어 사전

속절없이 청계천 헌책방 거리 점포 앞 길가까지
근량으로 달아 내놓은 헌책 더미들

그때는 그랬다 혹한과 주림에 궁상떨던
버즘나무의 1960년대 허구리께
젖꼭지만 하게 막 불어 터진 잎눈들
역시 앞니 반짝이는 앳된 봄볕들이 매달려
이따금 오물오물 물고 흔들었다

내 안의 그 시절 거기에
지금도 나는
손때 결은 책등을 하나하나 확인해 가며
수도 없이 나를 쑥쑥 뽑아 내던진다

왕소금 점심

식구들 점심상을 차려 내고 그녀는
뒤란 우물가에서 왕소금 한 움큼 털어 넣고 물을 마신다.
곱삶이 한 그릇 대신 얼마나 물을 들이켜야 갈한 허기가
메워질는지.
해가 설핏 기울도록
헛헛한 배 속에 들앉아 출렁대는 노란 하늘이
쪼르륵 쪼르륵
머언 먼 뇌성(雷聲)을 굴려 내리고

장독대 옆 분꽃은 어김없이 또 막 열린 입술로
손나팔 만들어 저녁참을 소리치는데
여름 한낮이
그 시절은 깎아지른 험산인 듯 넘기가 힘들기만 했다.

새우젓 육젓

광천 새우젓 토굴인 양 제 속에다 암굴을 파고
드럼통 묻는 이가 있다.
거기 들앉아 외골수로 곰삭은 것
내가 평생 시간의 갈피에 쟁여 발효시킨 것은
과연 무엇이었나
꿈? 혹은 희망?
(나이 들수록 그 이름 더 자주 불러 대는군)
켜켜이 안쳐 둔 허리 오그린 생새우들처럼
몸은 간국에게 다 벗어 내주고
통 속에서 숙성된 상큼한 맛깔과 냄새만으로
한 시절 더 낮게 낮게 무너져 내린 나는 정녕 무엇인가
모든 음식의 밑간을 맞추는,
맛들의 맨 밑에 깔리며
계란찜 호박젓국 김장 무생채에
천직인 듯 군말 없이 감칠맛 떠받쳐 주는
나는.

이즘도 세상을 뒤적이다 보면 외진 갈피에
육젓 같은 누군가가 묻혀 곰삭는다.

강, 하구에 와서는

저도 모르는 겨를 왼 다리 장딴지에
울근불근 옹처 맨 매듭처럼 시퍼런 혈관들이 튀어나오
고 똬리 틀었다.
살 속 깊이 삼바 굵기의 여러 마리 구렁이가 벋었다

하루 또 하루, 십 년 그리고 삼십 년을
하류로 하류로
허드레 짐꾼처럼
하루같이 걸어 내려왔을 뿐인데

막바지 스퍼트인가 목숨의 끄트머리
그가 내려논
긴 하지정맥류의 행역들이 똬리 풀고
일망무제 잔물결로 사행(蛇行)을 이뤄 수평선 멀리 넘
어간다

드넓은 하구에 와 편안히 안긴
강물인지 바닷물인지
너와 나 분별을 지운 질펀한 생각이 흐르는 듯 흐르지
않는다

단비(斷臂)

　그만해라 그만하면 됐다 함부로 나대지 말고 그만해라

　내리는 함박눈이 호두나무 고목의 어깨를 찍어 누르듯 어루만지고 품 안에 가로세로 두서없이 누운 논밭들을 더 깊숙이 안아 뉘는 소리. 내리는 솜눈들이 매무새 사납게 풀어헤치고 나대던 언덕 뒤 억새들도 제자리 붙들어 앉히는 소리. 궁둥짝 들썩이던 온 세상 뭇 것들 그렇게 제 자신 내면으로 내려가 들앉는데 뜨끈한 방 아랫목처럼 들앉아 혼자서 여럿이서 끼리끼리 귀 열고 수군대는 소리. 거기 대란 대치의 식식대며 들끓던 내 젊은 날 피도, 그만해라 참어라 아프기만 한 내 뉘우침도 다독여 주저앉히는 소리. 허공과 면벽한 애소나무들 누구처럼 제 팔뚝 끊어 내는지 눈발 선 산속 가득한 신음 소리. 즉설법문인가. 내 마음속 소리 죽여 듣는 함박눈 소리.

　그만해라 그만하면 됐지. 함부로 나대지 말고 그만해라

●단비: 달마에게 법을 구한 혜가(慧可)의 일. 스승에게 자기 팔을 끊어 단호한 결심을 나타냈다고 한다.

어느 건곤이 있어

거기 누가 울고 있는가.
불어 가는 바람 속 크게 입 벌려 누가 울고 있는가.
소싯적 열세 살에 집 떠나
정처 없이 떠다니는 정신처럼
길게 짧게 소리로만 남아 떠도는가. 울고 다니는가.
그릇 떨어져 깨지는 소리 공중 가득 끌고 다니는가.
가장 날카로운 세월에 가슴 얼마나 깊이 찢겼으면
저리 울고 다니는가.
차라리 혀 끊고 신음으로나
나뒹굴어야 하는 걸
어느 건곤이 있어
암종 같은 저 그리움을 품어 줄 것인가.
불어 가는 바람 속
거기 누가 울고 있는가.
거기 누가 울고 있는가.

만사(輓詞)
―꾀꼬리의 죽음을 위하여

　내내 네 생에서 굴렸던 가슴 시린 소리 굴림은 어디 묻어 두고 가는가.
　미처 다 부르지 못한 노래는 어느 하늘가에 노을처럼 다시 떠돌 것인가.

　노구를 끌고 와 너는 왜 너를 여기 버린 걸까. 평소 입성 그대로 노란 깃털 두른 채 이만하면 됐다는 듯 생각 샅샅이 편 얼굴만이 편안하다. 이 시절 저 시절 그렇게 노래 속절없이 풀어 먹인 이 골짝 저 산등성들 네 앞에 서러운 듯 서럽지 않은 듯 둘러앉아 있다. 이 세상 왔던 것은 누구나 너처럼 마지막 홀로 가는 초개 같은 뒷모습 보여 주기 위함인가. 이제 이승을 나서면 영결종천인데 어느 종천인들 또 광대무변 새로운 하늘이 거기 열리지 않겠는가.

　노중 객사한 세월 건너 백 년 뒤에도 누군가는 묻혔던 노래들 발굴해 또 신나게 데리고 길이 놀 것인가. 미처 부르지 못한 네 노래는 다시 어느 하늘가에 붉은 노을인 듯 번져 나올 것인가. 낡은 몸 내버렸던 이 땅에 너는 순금의 소리 굴림을 여전 풀어 먹일 것인가.

이른 아침 뒷산 자드락에서

나는 한 구(柩)의 적막한 네 주검과 마주쳤으니.

가을 햇살

시집살이 접고 집으로 돌아온 누님이
그해 첫 맞이한 추석날 기운 한낮이었나
생각 빨아 넌 허공에 푸름 몇 필 더 떠다 널고는
가족들은 모두가 차례 뒤 성묘 떠났다.

성근 잎들 새새 풋감 알들이 꼭 두고 온 어린 자식 불
알만 했다
언젠가는 먼 뒷날 하늘도 만져 본다고
하루가 다르게 안으로 더욱
단단하게 그 음낭들은 동그란 핵심을 꼭꼭 걸어 잠그
는데

한적한 툇마루에 혼자 남아 소박데기 누님이
개키던 속내 밀쳐 두고 우두커니 지켜보던
앞 뜨락 외그루 감나무 옆구리의
낙발 몇 올처럼 소슬하게 든 가을 햇살

겨울 미니어처

작은 체격에도 노랗게 붉게 덧입은
두세 벌 가을 비음을 툭툭 벗어 버린 뒤
자칫 목숨도 쏟아질까
공원 자드락에 선 나도박달나무가 최대한 품새 꼭꼭
여몄다
허공 안으로 골똘히 무너져 들었다.

간 가으내 골반 깨진 다년생 풀들이 여태도 앉은뱅이로
주저앉아 있다.

마지막이란 어떻게 잘 망가져야 하는가인데
생전의 몸 내부 푹푹 썩어 내린 길옆 고사목 그루터기가
이빨 죄다 나간 민짜 잇몸으로
질겅질겅 시간이나 한자리서 씹는다.

아뿔싸 꼭 겨울 세트장 한구석 방치된 미니어처들 같다,
살기 위해 한껏 나를 축소한
그런.

●비음: '빔'. 명절이나 잔치 때 차려입는 새 옷.

제3부

아, 그 나라

그 나라는 맹골수로에 전복되기 직전 직각 벽으로 기울던 대형 여객선처럼

이른바 난파 직전 고관, 졸부들, 정치꾼, 얼치기 기자들이 혹은 변복으로 혹은 팬티 차림으로 제일 먼저 빠져나와 도망갔다고 한다.

갑판 밑 선실 방방마다 구명조끼도 못 입은 채 대기하다 가라앉은
영문 모른 뭇 목숨들
머리 좋은 몇몇이나 몰살 중에 살아 나왔다고 한다.

그렇게 격류 흐르는 서남단 심층류에 금세기 초 깊이 가라앉은,
거기 켜켜이 썩은 탐욕과 비리 속에 생금(生金)처럼 묻힌
그 어리디어린 미래가
이 시 읽는 당신이 아, 바로 그 나라다.

●머리 좋은 운운: 세월호 선원의 말에서 가져왔다.

59

Please, Non Die

─알란 쿠르디는 시리아 내전을 피해 지중해를 건너다
배가 난파해 익사했다. 3살이었다.
　바닷물 속에서 그는 마지막 순간까지 아버지를 붙들고
외쳤다. "Please, Non Die."

　1947년 봄
　심야
　용당포가 삼켰던 한 영아는

　65년이나 지나서
　돌연 터키 보드람 해안에 포말처럼 떠밀려 올라왔다.
　2015년 9월 2일 새벽 6시
　모래사장에 반쯤 차디찬 얼굴을 파묻고
　가 보려던 뱃길을 목에 헐겁게 감은 채였다.

　세기가 바뀌어도
　인간은 언제나 죽고 죽이는 전쟁과 살육에 골몰한다고
　인간은 본래가 그렇다고

　되레 안 그랬냐는 듯 그만하면 알겠다는 듯

구명조끼 아닌 청바지에 붉은 티셔츠 차림으로
세계 앞에 고꾸라지듯 한번 엎어져선 일어설 줄 모른다.

헌 빨래 뭉치만 한 구름이 이따금 인근을 얼쩡거릴 뿐
세 살배기 그를
누구도 붙잡아 일으켜 줄 줄 모른다

●서두는 김종삼의 시 「민간인」에서 빌렸다.

만화경

    1

  어린 놈 담배 피우지 말란 잔소리에 고딩이 벽돌 들어
단숨에 늙은 할멈의 뒤통수도 찍는

  하루같이 공원 산책로에서 이다다드 아랄다드 뜻 없는
방언을 판 갈 듯 엮어 대는
  성치 않은 정신의 중년 여자가 출몰하는

  고무 통에 살해한 시신 젓 담그고
  왕따 친구에게 토사물 먹이고
  몸에 끓는 물 들이붓고 패서 죽이는 놀이를
  놀이로 즐겁게 노는

  제 은밀한 신체 부위를 포경선의 작살처럼 꼬나들고 돌
진하는
  골목길 바바리 맨도
  내 몸 내가 벗었는데 뭐…… 당당히 히죽거리는

  이런 내장된 만화들 쏟아져 나온 만화경

2

인간이 동물로 급발진하듯 튀어 들어가는
인간이 마음에 참호처럼 연옥을 파서 놀이 삼아 들어
가는.

식물이 동물로 뛰어드는 나무들의 내부
그 종축장엔 말들이 뛰닫는다.
자욱하게 이는 흙먼지에 산골짝 산골짝 나무들은 이내
뭉글뭉글 덮이리라.

그날이 오면

세종대로 뜨막한 뒷길 몇몇 젊은 치들 몰려서서
통일 운운 시위하는 거 거기서 그럴 일 아니다
휴전선 박봉우도 북의 고향 전봉건도 이따금 출몰하는
망배단 근처 임진강이나
그 위 하늘 어디쯤 가거라
곤두박이든 치오르든
비상 출동하듯 가서 거북이 또는 철새처럼
시린 등짝 시리지 않게 내놓고 엎드려
긴 징검다리 놓아라
자기 삶으로 가르치는 게 가장 큰 시위이고 서원이란다
그렇게 누구나 듬성듬성 노둣돌로 엎드려
남북의
이 사내 저 아낙 밟고 오가게 하라

그날이,
그날이 오면.

● 그날이 오면: 심훈(沈熏)의 시에서 가져왔다.
● 『휴전선』은 전후 처음 휴전선을 시화한 박봉우(朴鳳宇) 시인의 시집
이고, 『북의 고향』은 실향민 전봉건(全鳳健) 시인의 시집이다.

카톡질 한참

1

묻는다: 압력 밥솥에서 증기 배출하듯 일시에 뿜어져 나온 저 연무는?

허업 선생 가로대: 내면 깊이 억눌렸던 시편들이 폭발하는 거다. 다탄두처럼 흩어지며 어느 말은 낭떠러지에서 추락하는 악몽을 꾼다. 비척대는 늙은 노숙자처럼 어느 말은 허공에서 소매 끝을 펄렁댄다. 시간을 등진 어느 말은 급식 밥 잔반으로 사람 마음 전두리에 말라붙을 걸. 그동안 시업(詩業)이 본디 그런 거였지.

2

묻는다: 이즘엔 생각 하나 꼬깃꼬깃 안주머니에 못 넣는데 그 지갑에 사물 몇이나 접어 넣을 수 있어? 방아 찧고 밥 짓는 동안 저절로 뭇 게 허업임을 화들짝 알아낸 건 혜능 아닌감?

허업 선생 가로대: 너는 참으로 말을 잘 키우는구나. 정치가 허업은 무슨, 삶이 허업이지. 허업이라 삶은 되레 시도 때도 없이 신나게 방아 찧고 밥 짓는 일이네 이즘은 쌀

그대로 안치고 물 부으면 되는데 방아확 대신 압력 밥솥으로 제 본마음 열겠나 ㅎㅎㅎ.

3

묻는다: 다시 솥 안에 무얼 대껴 안치고 취사 센서 눌러두면 또 폭발하나

허업 선생 가로대: 구석에서 구석으로 마지막 죽을 자리 골라 죽치는 늙은 개처럼 이즘은 소은이야. 네 헌 시집 핥던 세월이 개 혓바닥처럼 서실(書室)에 늘어져 있군.

밥솥만 한 누덕진 몸은 그동안 뭇 것이 드나든 통문일 뿐. 늘 휘발하는 말 폭탄이었지.

4

묻는다: 웬 교리문답, 아니면 상당시중(上堂示衆)?

허업 선생 가로대: 카톡질만 한참이었지 ㅠㅠ

- 정치는 허업: 김종필의 말을 가져왔다.
- 혜능: 6대 조사. 홍인의 문하에서 방아 찧고 밥 짓다 스스로 득도했다고 한다.
- 소은(小隱): 대은, 중은, 소은 중의 소은으로, 귀촌을 일컫는다.

말에 관한 명상

마을 3반에는 이즘 병원 가는 늙은이들 부쩍 늘었다.
도회지 병원에서 후두암 수술을 받고 나온 영감
결국 말을 잃었다.
이따금 뱉어지지 않는 음절들이 혀끝에 덜그럭대는지
수화하듯 손을 휘젓는다 회복기에 들려면 멀었나.
누구는 산색이나 물소리,
실제로 삼라의 뭇 것이 모두 말씀이고 설법이라던데
그도 이제는 속 깊은 묵언이 제 소리임을
추레한 안색이 뱉는 말 그대로임을 알고
일체 더는 입을 열지 않는다.
그렇게 이 지상에 내놓았던 온갖 입 발린 소리들을 거
둬들인
절제당한 목청 탓인가
묵묵한 고요만으로
그는 마을 회관 화투판에서 상당시중을 한다.
내게 쥐어진 패는 이제껏 따라지보다는 갑오더라고
침묵도 고역 아닌 기쁨이더라고
늘그막 회복기란 그렇다고

열기 빠진 햇살이 송전탑 위에 걸려 있는 이 가을날

실어증 앓는 적막은

쓸쓸해서 더 의연하다.

호접몽

너 그리울 때면
저 깜깜한 꽃의 흉중에 홀로 숨어들어 가 몸을 눕히네.
마음 뒤집어 깔고 판 바꾼 거기
등 시린 자리에서 오래 잠드네.
길 바쁜 범나비처럼 네 얼굴 감싸 쥐는 데서
사소한 아픔까지 너의 방방곡곡을
스캔하듯 날아다니네.
너 그리울 때면
허망한 저 꽃의 흉중을 나와서도
너에게 몸을 눕히네.

●호접몽: 『장자(莊子)』 「제물론(齊物論)」에 나오는 꿈 이야기. 내가 나
비인가 나비가 나인가로 널리 알려진 이야기.

이즘 내 마음에는

심해에 폐선이 가라앉아 있다. 갑판 밑 비좁은 기관실에 숨었던 악령이 기어올라 온다. 고개 쳐들고 입 쩍 벌린다. 제 삶도 집어삼킨 불쑥 출현한 괴물, 여섯 각 장미꽃을 쓴 채 통째로 떠 있다.

이즘 마음이란 내 침몰한 폐선박에서는,

겨울나무

거실 소파에 앉은
트고 마른 내 손등에 날아와 앉는 저녁 햇볕 한 점
꼭 일회용 반창고 떼어 낸 자리 같다.

손안 깊숙이 은닉된
때 결은 추자(楸子) 알만 한 공허도 거기 환히 내비춰 보이는
이 명료한 찰나의 노출.

지난 것에 힘들지 않게 기대앉아
이내 햇볕 다시 날아간 누덕진 손등을 한동안 들여다본다.

내게도 나부대기보다는 생각이 더 많아지는 때가 오리라,
괜히 허공에 발가벗겨
내쫓긴 겨울나무처럼.

싸락눈 치는 날

싸락눈이 친다. 눈 털고 선
동구 밖 떡갈나무가
목이 꽉 잠긴 쉰 소리를 싸락싸락 내뱉는다.

얼얼한지 뺨을 감싸 쥔 그 나무엔
영상 깨끗이 삭제된 티브이 화면 같은 게 멀리 걸렸다,
뜻 모를 회한과 막막함에.

싸락눈들이 찍는 수수 천만 점과 점들 자오록이 붐비는
속에
개 짖는 소리도 인가도
여백의 새 떼들도 속절없이 지워진
이 마을은 적막한 한 폭 관념 산수화인데

시마(詩魔)에 들린 듯 뼈 앙상한
나의 시는 거기 제 발치에 비로소 둥그런 귀명창 자리를
편다.

떡갈나무가 잔기침 다 뱉고 나면
이내 눈발은 굵어지리라.

왜 솔은 늘 푸른가

땅 밑 더듬어 기던 물이 단봉낙타처럼
험난한 행군, 행군, 앗싸, 소나무 군락의 헛물관 길로
걸어 올라가
하늘 한 부분에 닿았다.
마침 남화경이라도 읽는 참인가.
목청 큰 자, 때법꾼들이
난장을 펴는 저 땅 위 지옥을 피해 지은 도관만 한
반공중 솔가지에 그는 떠 있다.

깎아지른 침엽 끝에 앞발굽 들고 곧추서서
그 낙타들이 들여다보는
거기
짐짓 지어 논 허공의 유르트 도관엔 웬 성명 불상의
푸르름이 우글우글 깊다 와글와글 고요하다
언젠가 몸에서 날은 저 유목의 본색들
그중엔 더러 낯선 이역의 낙타들도
섞여 섰다.
그래도 끼리끼리 낯익은 제 절조나 고행과
통성명도 하며 어울려
수수 십 년 한통속 힘겹지 않게 입신(立身)을 높이며 놀

아야 할

　유목하는 물의

　대주(坮主),

　왜 소나무는 늘 푸른가를

　나는 본다

　나는 본다, 이 봄날

　떼판의 낙락한 소나무 우듬지 끝까지

　푸르른 근본을 이고 구불구불 기어올라 간 물의 낙타

들을,

　짐짓 쌓아 논 유르트의 화성을

　이내 허물고

　다시 까마득하게 더 올라야 할 저들의

　구법(求法)을.

　●화성(化城):『법화경』화성유(化城喻)에서 가져온 말이다.

이런, 나도 어치과인가

1

이것은 속신(贖身)인가 배신인가
양가죽 장갑 한 짝이 외투 주머니에서 나 모르는 새 슬금슬금 빠져나갔다
막보기 안경은 언제 양복 윗주머니에서 어디론가 뛰쳐나가
깊이 숨어 버렸나.
(이것들 매인 줄 끊고 그간 얼마나 제멋대로 쏘다니며 휘젓고 싶었나)
딴에 깊숙이 잘 간수한 귀물(貴物)일수록
둔 장소 더 까맣게 잊고 끝내 못 찾는
그래, 나도 어치과(科)인가
치매과(科)인가

이즘 내게서 나도 뭉텅뭉텅 망실되기 시작한 것을
저들도 알았는지
툭하면 소지품들 시도 때도 없이 손아귀 밖으로 도망치고
심지어는 입안에 든 밥알들도 어어 어어라 뛰쳐나와

식탁 밑 고꾸라지듯 굴러떨어지곤 한다.

각자 물건들을 그렇게 서슴없이 방량이나 시켜 줄 일 밖에 없는

이 세월에는

어떤 내가 본래 나인가.

2

조주 스님 이게 내려놓는 겁니까?

아니면 내려놓는 걸

들고 있게……

●어치: 구릉지대나 야산 숲에 사는 텃새. 이 새는 제 양식으로 상수리를 깊이 묻어 놓지만 이내 그 장소를 잊고 마는데, 그 덕에 상수리나무 새 숲이 생기곤 한다.

●조주(趙州) 스님: 조주 고불(古佛)로 불린 종심(從諗) 선사. 법어집 『조주록(趙州錄)』이 있다.

건망증

허리 오그리고 누워 굴신 못 하는 살 마르는 바랭이 풀

간 여름내 작달비가 짓대긴 터알 두둑에
그나마 의발도 버리고 안거에 든 듯 삭아 가는 저 와불

가볍기로는 뇌 해마의 거죽에
잠깐 잠깐 앉았다 날아가는 이즘 내 기억들 꼴이군.

제4부

선물

흰하게 벗어진 이마 속 깊이 나는 갈매기 서너 마리랑
무명(無名)으로 죽는 영광도
영광답게 메달처럼 걸어 주는 포상이랑
상처 입고 덧나고 딱지 앉아
살 속 두껍게 옹이 박은 손발의 굳은살이랑
과연 삶은 살 만한 것이어서
이제야 택배 물품처럼 품 안 한가득 받아 든

고마워라 이 늘그막 선물들.

문장 노동

폴더형 구닥다리 생활을 열면 액정 화면에서 하루치 일상이 어김없이 쏟아진다. 컬러링 몇 곡이 흘러나온다. 무관심 저쪽 사막의 모래 폭풍 속에 실종된 소년은 언제 돌아오나.

우당탕 퉁탕 시끄러운 귓속을 아무리 후비고 파내도 쥐는 튀어나오지 않는다. 뚱뚱한 이명들 틈에 낀 내가 비좁다.

집뒤짐하듯 훈글 2007에 들른다. 공백을 뒤진다. 어느 말은 씻기고 어느 말은 추려 낸다. 곯은 놈, 파치들을 골라낸다. 누전으로 합선된 말이 탄내를 날리고 녹아내린 뜻 더미가 생각의 육괴다. 시에 곯아 온 등짝에는 상상력이 찐득찐득 눌어붙었다. 탭을 닫고 문장 노동을 접는다.

이번엔 베란다 문에 구멍을 뚫는다. 도성 성문에 눈깔 한쪽 빼어 걸어 둔 오자서처럼 뚫린 저쪽 세상에서 누가 나를 들여다본다. 충혈된 외눈깔을 뽑아 느티나무 우듬지면 미래에 척 걸어 놓은 해다. 화산재 구름처럼 상공을 뒤덮은 권태 속에 붉게 트인

저녁 무료가 되우 해맑다. 시가지가 쓰레기통에 벗어던
졌던 밤의 어둠을 여기저기서 되꺼내 신는다. 하루치 생
계가 힘겹게 툭 끊어진다. 내 안의 누군가 발뒤꿈치 들고
안 뵈는 앞날을 기어이 또 넘겨다본다.

●오자서(伍子胥): 중국 오나라의 명장. 간신의 참소로 자결할 때 눈을
  뽑아 도성 성문에 걸라고 했는데, 이는 새 세상을 지켜보기 위한 처
  사였다고 한다.

비염

괴뢰처럼 외짝 눈 움푹 꺼진 CCTV에는
이맘때 이 길로 날이면 날마다 취한 듯 오가는
벌렁코가 수없이 찍혔다 뭉개진다.

비염에 먹통인 내 코가 먹통을 깨고 모처럼 둥둥 열려
있다,
만개한 산수유 꽃과 매화 속에
누구든
코 묻고 말감고처럼 됫박 가득
향내를 퍼 담는 속에서.

파장인 듯 됫박질하다 흘린 향과
향에 뭉개진 뭇 코들을
청소원이 쓸어 내는
저녁답 아파트 단지 뒷길

모처럼 먹통에도 열린 내 코는 얼마나 상쾌한가.
벌름벌름 취한 삶은 얼마나 황홀인가.

보도블록 틈 제비꽃도 환한 얼굴 턱 괴고 엄렸다.

동혼

　퇴화한 안구의 으늑한 장랑(長廊)에 켠 남폿불 헌 심지 낮추고 다시 복도 끝 혀의 탕비실 소등하고 되돌아 나와 덜 닫힌 채 덜컹거리는 귀 한 짝 마저 걸어 잠그고 생각 속 불길도 엄지와 검지로 가만 잡아끊는다. 나날이 그렇게 가장 낮게 불빛들이 깔린다. 낮게 깔려 얼마나 오래 침잠할 것인지, 이내 겸허한 뭇 사물들 얼굴이 해골박 내벽에 되비치리.

　언제부턴가 누군가 내 몸의 이 방 저 방 소등을 하며 그렇게 행적을 긋는다. 초토화 직전 이목구비가 잠투세의 막바지처럼 되우 징징대는데 그놈은 몽혼의 기억 속 지난날을 훔쳐 짐 지고 발소리 죽이는 잠입한 절도범 같다.

　사원인 내 몸 안에 지금도 좀도둑은 그 시간은 멀쩡히 싸돌아다니는데
　앞날이 꺼져 절망이므로 안팎은 깜깜하다.

　동혼이다.

　●동혼(凍昏): 얼음 어는 추운 황혼 녘.

밥 한 그릇

―어머니

1

구립요양원 침상에서
이제 마지막 세월을 네 귀 접어 깔고 누운 당신에게
끝내 따뜻한 한 끼 밥도
나는 대접을 못 했네.

막상 곡기를 끊고 가는 십육억 몇 만 리 밖 서방정토 길에도
중화참 밥 짓는
연기 한 줄 피워 올리는
누군가는 있을지 모르겠네.

2

입맛이 없어 잘 먹지도 않는다

내 가슴 으늑한 한구석에 쩡 저르르 쩌엉 살얼음 얼어 드는 소리
바람모지 눈바람에 엉덩방아 찧고 주저앉은 쇠잔한 억

새가

거기서도 나부끼나 보다.

어머니, 엄마, 맘……

집 안 한구석에 닳아서 버려진 나무 걸상
관절이 다 어긋나 찌그럭거리는
폐품 직전의 몸
그 깔개용 무릎에 앉았다 떠난 슬하들
날은 자국도 이미 다 지워졌다.

왼쪽 어깨는 그동안 생업을 얼마나 가볍지 않게 들고
다녔는지
비스듬 기울어졌다 대신 치올라 간 오른쪽 어깨가
늘 등 돌려 식구들 풍설(風雪) 막았는지
근본처럼 하늘을 떠받치고.

날짜 지난 빈 우유팩인 듯 깊이 짜부라든
삭신은
녹스는 대신 제 구실 다한 듯 나뭇결 뒤틀어져 반들거
린다.
저 독거의 오금마저 금 간 의자,
맘, 엄마, 어머니……
누군가 눈길 주지 않아도
그냥 이내 자리 뜨리

슬하의 한둘 으늑한 가슴에나 가뭇없이 옮겨 앉으리

●날은: '물색이 탈색하다'인 '날다'의 뜻이다.

나사

　파쇄된 폐기물 속 볼트 너트가 서로 완강한 집착처럼 샌드위치 판넬과 몰딩을 감쪽같이 봉합한 채 있다.

　나도 그렇게 지난 세월 어느 모서리에 나사못으로 박혀 누군가의 녹물처럼 스며 나온 생을 꽉꽉 조이며 닦아 준 적 있었는지 모르겠다.

바로 그런 아침

　휴일에도 일찌감치 백팩을 멘 채 왼쪽 어깨 기우뚱 치
올린 중학생짜리가 아파트 계단을 타닥타닥 걸어 내려간
다. 그 힘겨운 뒤태에 험악하고 까다로운 먼 세월이 벌써
업장처럼 매달려 덜렁대는

　내 겪은 시절 그보다 더 험악해선 안 된다는 부질없는
생각에
　벌써 마음 진창말이인 저 어린 게
　참 너무 안됐다는 헛된 걱정에
　가슴 아래 명치께가 돌연 뻐근해지는

　아파트 베란다의 막 꽃 진 영산홍 무릎 밑에 붙은
　다음 해 꽃눈이 왠지 더 먹먹해 보이는

　바로 그런 아침.

엘니뇨 이상기후

여느 해와 달리 엘니뇨가 도처에 주저앉았다
이상 난동의 부근에서
드디어 식물에서 동물로 막 뛰어드는
뭇 나무들 내부가 환하게 들통난다.
극심한 내출혈처럼 인근에까지 배어 나온 저 소리
우듬지나 가장귀들 언저리에
두근두근 뛰닫는 연록의 발자국 소리가
이즘은 한결 짙다.
푸나무가 내부에 은닉한
종축장엔 그렇게 막 종(種) 전환한 짐승들이 뛰닫는다.
피 튀기듯 서로 치받고 윽박지르고
소리 없이 서로 소리치는 거기
인류가 초래한 엘니뇨 제정신 아닌 광증처럼
자욱하게 새잎들을 퉤, 퉤, 내뱉는다
분진처럼 이내 산 자드락 숲이 뭉글뭉글 덮이겠다.
식물에서 막 동물로 뛰어든 것들
갈수록 들숨 날숨 가빠지는
이즘
허공에도 고요가 바글바글 붐빈다
어느 한 고요도 없는 것같이

뭇 고요가 비워진
늦겨울과
봄 경계의 한때

바퀴 없는 생

첫새벽 자전거를 타고 삼십 리 길 통학하는 중학교 동무가 부러웠던 적이 있다. 그 무렵 검은 교모를 눌러쓴 나는 시에는 혹 두 바퀴가 있을까 신나게 달릴 수는 없을까 터덜터덜 등하교 길을 걸어 다니며 생각했다. 그러나 시는 늘 페달을 힘껏 밟고 달릴 수 없는 고물 자전거 같기만 했다. 시뿐 아니라 역사도 내 딴에 아무리 굴려 봐야 굴러가지를 않았다. 운행 포기한 폐차 직전 시발택시였다. 펑크 난 절대이성도 그 꼴로 덜그럭거렸다. 에어콤푸레셔도 없던 때였다. 나는 바람 빠진 바퀴들과 언어들만 책갈피 갈피에 줄곧 끼워 두고는 했다.

언젠가부터 시골 캠퍼스에도 승용차를 너나없이 몰고 다녔다. 출퇴근을 하기도 했다. 그 지방 대학 일터를 나는 하릴없이 기차를 타고 주말마다 오르내렸다. 차창 밖 낙일이 걸린 미사리 미루나무 밭이나 도담 삼봉(三峰)을 곧잘 무릎 위나 옆자리에 앉히곤 했다. 아마 강제 추행이었겠지 차디찬 그 적막들을 혼자 더듬고 쓰다듬고 깍지 낀 손 간지럼밥 먹이기도 하며 늦은 밤 도착역까지 그렇게 갔다. 아무려나 나는 운전면허를 딸 생각 없이 살았다. 아우가 차 사고로 훌쩍 먼저 간 뒤였다.

94

이것은 축복인가 저주인가 언제나 시류에 섞이지 못한 나는 늘그막이 된 지금까지 바퀴 없는 생을 산다. 바퀴가 구르지 않는 말만 덜그럭대는 시를 대신 탑승하고 헤맬 뿐이다. 멀리 마을 밖 공중엔 두 바퀴를 몸속에 감춘 구름이 주차해 있다. 예비한 미래 어느 세상 행(行)일까 옆에는 비스듬 바퀴살 나간 중고 구름도 한두 대 멈춰 있다. 이번엔 정작 저 광막한 우주를 운행할 무슨 면허든 따야 할 모양 아닐까.

전동차 안에서

출입문 닫습니다 스크린 도어가 닫힙니다.

문이 닫히고 방금 올라탄 일용직 찌든 아낙이 자리 없
나 두리번대는데
반대쪽 출입문에 등 기대서는 스마트폰에 상반신을
통째 들이민 젊은 좀비,
앞날 죄 털린 겉늙은 남자들 경로석에 빈털터리로 앉
았는데
노선도 올려다보며 통로 손잡이에 매달린 후줄근한 사
내도 있다.
이내 옆 칸에서 녹음기 목에 걸고 빈 바구니를 든
시각이 없는 이 더듬거리며 들어선다
자다가 놀라 깬 앳된 여자가 다시 눈을 감는다
누구는 좌석에 앉고 누구는 섰듯이
사는 목숨도 복불복인가
이 사내는 빛의 길 끊어지고 제 명운으로 가는 길도 사
라졌는데
저 여자는 가장 편안하게 무릎 위 이 저녁의 내선 순환
노선을 올려놓고 앉았다
나고 죽는 일처럼 이 전동차에서

96

누구는 늦은 삶에서 두고 내린 물건 없이 가벼이 하차
하고
누구는 환승역 갈아탄 듯 미래의 먼 하늘을 새롭게
백팩처럼 짊어지고 올라타리. 자리 못 잡고 힘든 긴 시
간 서서 가리
이 뭇 무리들 귀하고 더럽고
아예 구별 없이 타고 내리는
이것은 웬 시대의 마음인가
지하철인가.

출입문 닫습니다 스크린 도어가 닫힙니다.

우리 동네 작황

간 가으내 배추밭이 꿰진 조각보처럼 들녘과 산 자드락에 널렸다. 때맞춰 외지 밭떼기 장사치들이 몰려와 사들인 배추들. 그러나 한겨울 접어들어도 배추들은 그대로 밭째 나뒹굴었다. 폭락한 시세에 얼어 터진 저들은 내내 얼다 녹다 기어코 삭아 내린다. 싸움 끝난 싸움터처럼 밭에는 수수 십 구 폐농의 삭은 시신들 즐비하다. 일철 나서면 이내 갈아엎으리라. 묻혀서 썩어 공급과잉의 푸른 조각보들로 또 다투어 서걱대리.

우리 동네에도 아파트 동마다 시 쓴다는 시인들 사는 시절이 왔다. 시도 폭락한 시세에 삭아 터지진 않을까. 거기 상상력들 식상한 빨랫감처럼 옥상마다 널리지 않을까. 이따금 밭떼기로 갈아엎은 시꾼도 있다. 나는 묻혀서 수많은 나로 다투어 나토리 뭉게뭉게 뼈 없는 말로 피어나리.

이건 아니지 그럼
―시랍(詩臘) 50년에

국민학교 저학년 점심시간에
도시락 보자기를 풀며 내 안의 또 다른 내가 속삭였다.
이건 아니지 그럼
알미늄 도시락 뚜껑을 벗기고도 그 소리가 들렸다.
이건 아니지 그럼
메마른 잡곡밥을 떠먹으면서도
잡곡밥 밑바닥에 납쭉 엎드린 달걀부침을 흡입하면서도 역시
이건 아니지 그럼 아니고 말고
…………
그 이후로도 나는
지금 이곳은 아니야 그럼 아니지
언젠가는 이곳 아닌 다른 어느 곳인가로
꼭 가야 한다고 속삭이는 소릴 줄곧 들었다.
그러나 막상 도착한 그곳은
껄떡대고 설레기만 했던 그런 곳은 아니어서
고작 지금 이곳의 연속이자 형편없는 반복이었다.
그렇게 수수 십 년 오늘날까지 삶에 막무가내 투정 부리며 채근당하며
그럼 이곳은 아니지 아니고 말고

툴툴거리며 들개처럼 나날이 이 골목에서 저 골목으로
길바닥에 코를 끌며 떠돌았는데
그렇게 지리멸렬 일상을 도망쳐 돌아다녔던
이 부정에 부정을 잇댄 순행(巡行)의 끝은 어딜까.
그러다 지금 이곳이 무작정 가려던 언젠가의 바로 그
어느 곳이었구나
순간 마빡을 타악 친다.
과거로 돌아가 신나게 기억의 숨바꼭질하는 치매보다
무엇이 더 있을까 정신없이 앞날을 여닫이문처럼 열어
젖히던 젊음보다
쥐 죽은 듯이
언 밥찌끼 흩어진 수챗구멍 속 죽은 듯이 숨은 시궁쥐
처럼
숨어든 지금 이곳이
바로 언젠가 그 어느 곳이었음을
도시락 밑바닥 은닉한 달걀부침처럼 놀랍게 발견한
그 어느 곳이었음을 돌연 깨닫는다.
이건 아니지 그럼 아니고 말고
지난날 도시락 보자기를 풀 때 뚜껑을 열 때 메마른 밥을
먹을 때

그 속삭였던 핵심을
역시 내 안의 내가 이제야 귀 기울여 듣는다.
....
....

그동안 언제나 몸에 안 맞는 품이 큰 옷처럼
버석거리는 비옷처럼
언젠가의 그 어느 곳을 훌훌 벗어던지고
하릴없이 지금 이곳이 내 그동안 찾아다녔던 바로 그
곳임을
뒤늦게 터득한

이 부정에 부정을
누군가 직선으로 찌익 그어 내린다면
황막한 허공에 지워지는 유성의 외줄기 긴 낙하일 거다.
갈급하게 틀 까부숴 온
시에 곯은 생일 거다.

활인심방, 예대로

1

죽어 후생에 온 듯 잠 깬 잠자리에
백골마냥 206개 뼈마디로 내 삭신들이 고스란히 해체
되어 있는 걸 본다.
이것은 날궂이인가 때맞춘 노곤인가

과거들이 시도 때도 없이 밀물 드는
내 대뇌 해마의 물가에 선명하게 씻겨 밀려 올라온 그림,
잔설이 누덕누덕 기워진
그 황토밭 둔덕 아래 무엇이 있었는지
첫새벽 식구 몰래 홀로 가출해 찾아간
거기엔
어린 날 한때가
감쪽같이 남아 있었으리.
신나게 그 한때와 해 저물도록 놀다 경찰에 인계되어
순찰차로 집에 돌아오곤 하던
그 무렵 치매 3기의 아버지
그렇게 가출과 방황을 반복하던 그림,

이 마디마디 해체된 나를 이부자리에서
고치집신(叩齒集神), 저두반족(低頭攀足) 나는 가볍게 복
원한다
해체와 조립을 반복한다.
그리고는 조립하는 굽이에서 겪는 저 환한 몇 폭 기억들.

2

이른 봄 떼꽃 내려놓고
다시 외피 안 물관의 물 되돌려 처서 근방께 내려놓고
이내 바싹 마른 늦가을 고동색 잎들도 내려놓고
그제야 해체했던
제 몸 단단히 결속한 겨울 큰키나무를 본다.
결속과 해체를 반복한
머지않아 눈서리 속 허공 깊이 묻힐
외그루의
어떤
품새,

이즘의 나를 빼닮았다.

상강

석축 틈이 불편해도 밤새 두 다리 오그린 채 틀어박혀
그 새끼 고양이는 운다. 울다가 잠시 생각하고
생각하다 다시 운다.
미아가 되어 이건 아니다 아니다 우는 걸까
어미는 어느 도랑 속 이미 구겨진 휴지처럼
횡사해 처박힌 건 아닐까
일체의 삶이 그런 거라지만
저도 이 낯선 세상에 들렀으면 새끼 품고
목덜미와 낯바닥이라도 샅샅이 핥아 주고 싶었는데
결국 누군가 거들떠보지도 아는 척도 않는
이 차가운 돌 틈에서 어리둥절 혼자 울다
사위어 갈 마련인가
갓 난 그의 작은 몸뚱이는 부슬비 뿌리다 말다
뿌리다 말다 하는 상강 날 매지구름 같다.
이건 아니다 아니다 울다 생각하고 또 생각하고 울다
막상 그 어린 게 목숨 반납하고 딴 세상으로 가뭇없이
돌아갔는지
오늘은 울음소리 지워진 내 쪽잠 머리가 되우 고요하다
아니 일대가 휑뎅그렁 황막하다.
이 전역이 참 이건 아닌 세상이

바로 그를 공모해 살처분한 공범들 아닐까.

겨울 상수리나무

1

싫증 끝에 혹은 힘겨워서
내려놓고 시나브로 또 내려놓고
그러다 까마득한 우듬지에 남은
몇몇 고동색 녹슨 잎들마저 아프지 않게
목숨처럼 마지막 내려놓으면
비로소 등 뒤에 대형의 푸른 걸개처럼 걸리는
광막한 빈 하늘
내가 사라지니 걸릴 것 아무 무엇도 없는
저 마음은
누구도 무슨 생각도
차별 없이 앉았다 가는 푹신한 좌석일 뿐.

2

소릿값 없는 활구(活句)처럼 걸린
벽공(碧空) 그 바깥인가 안인가를
상수리나무는 산 자드락에 서서 겨우내 들락거린다.

의두암에서

흘립한 1.5평 바위에 올라서서
하루같이 북두에 지친 심신을 기대곤 했다는
기대어 멀리 저무는 나라의 하늘이나 지켜보곤 했다는
그를
눈에다 심는다.

지금도 굽어본 저 아래 인가들엔
씻어 널어논 누군가의 흉중이 싸라기별처럼 선명하게
떠 반짝인다.
여기 와
패기와 굴욕을 찌든 얼룩 빼듯
빼내 버리고 떠난 자의
뒷모습 저토록 환하였으리.

●의두암(依斗巖): 충남 면천에 있는 바위 이름. 구한말 운양 김윤식이
유배 와 매일 올랐다고 전한다.

무위의 빛, 허공의 시

한용국(시인)

1.

『술몽쇄언(述夢瑣言)』이라는 책이 있다. 조선 후기의 거사 월창 김대현이 쓴 책이다. 김대현은 열 살에 이미 시서를 통달할 만큼 명석했으며, 유가와 도가의 책을 섭렵했다. 마흔 살 이후에는 『능엄경』을 읽은 뒤 불교 사상에 심취하여 불서만을 탐독하였다. 그리고 임종 무렵에 자신의 다른 저서들을 모두 불태워 버리고 『자학정전(字學正典)』과 『술몽쇄언』만을 남겼다. 이 중 『술몽쇄언』은 불교 사상을 바탕으로 유교, 도교의 사상을 가미하여 꿈으로 인생을 설명한 글이다. 김대현은 「자서」에 『술몽쇄언』의 뜻을 이렇게 설명해 놓았다. "그 말이 자질구레하고, 좀스러워서 꿈 깬 사람을 대하여 이야기할 만한 것이 못 된다는 뜻이다." 고금을 통틀어 삶을 꿈이라고 말한 사람은 많았다. 부족한 식견이지만,

나에게는 고전을 제외하고 이 책만큼 암시적이면서도 명쾌하게 삶과 꿈의 관계를 서술한 책은 없었다.

시집을 읽고 난 뒤, 좀 더 정확하게는 이 시집을 읽기 위하여 거의 반세기에 달하는 시인의 내력을 모두 읽어 내려간 뒤, 문득 머릿속에 이 책 『술몽쇄언』이 떠오른 것은 무엇 때문일까. 아마도 자서에 해당하는 「시인의 말」 때문이 아닐까 싶다. 시인은 「시인의 말」에서 귀촌 이후 임포의 삶을 흉내 내고 싶다고 말하고 있다. 매처학자 임포, 평생 결혼을 하지 않았고, 자기 은거지의 매화를 아내로 삼고 두루미를 자식 삼아 살았으며, 생평에 썼던 시와 그림을 모두 불살랐던 은일지사. 임포는 말한다. "내 뜻은 진실되다 하나, 집도 공명과 부귀도 어울리지 않는다. 단지 청산과 녹수가 나에게 알맞다."

김대현과 임포의 간략한 내력 속에서 읽히는 것은 꿈과 탈속이라는 키워드다. 얼핏 보기에는 상투적으로 들린다. 하지만 좀 더 깊이 들여다보면 반드시 그렇지만은 않다. 꿈과 탈속, 이 두 단어는 분명히 삶의 내적 요건을 지시하는 단어들이다. 그러나 이 두 단어는 내부 속에 더 큰 외부를 거느리고 있는 단어이기도 하다. 꿈은 삶의 필요조건이면서도 그 함의는 삶을 넘어선 자리를 포괄한다. 탈속도 마찬가지다. 세속을 벗어난 삶 또한 삶의 부분적인 형식이지만, 자연이라는 더 큰 함의를 통해 삶을 송두리째 덮어 버린다. 비유적으로 말하자면 꿈과 탈속은 안이 바깥보다 큰 공간과 같다고 할 수 있을 것이다. 물리적으로는 불가능하지만 상상적으로, 좀 더 정확하게는 언어적으로만 존재 가능한 공간이라는 공통분모를 가지고 있다.

하지만 꿈은 탈속을 포함하는 것이기도 하다. 탈속의 삶 조차 꿈에 해당하는 것이기 때문이다. 하지만 꿈을 꾸면서 꿈에서 깰 수는 없듯이 살면서 삶을 벗어날 수는 없다. 그 렇기 때문에 최대한 꿈을 깬 삶에 가까운 가상의 공간을 필요로 한다. 그것은 바로 자연이라는 공간이다. 하지만 한 가지 조건이 전제된다. 이 자연에는 인위가 존재하지 않아 야 한다. 즉 사람이 중심이 아니라 자연 그 자체가 중심인 공간이어야 하는 것이다. 사람조차 자연스럽게 자연의 일 부에 속하는 공간, 그렇기 때문에 매화와 결혼하고 두루미 를 자식 삼아 살아갈 수 있는 것이다. 그것은 사실상 불가 능한 것이지만, 그렇기 때문에 꿈에서 깬 상태와 최대한 가 깝다고 말할 수 있지 않을까.

「시인의 말」을 읽으면서 『술몽쇄언』을 떠올린 것은 위에 서 말한 바, 시인의 자연의 삶에 최대한 가깝게 살고자 하 는 의지를 읽을 수 있었기 때문일 것이다. 귀촌 이후, 시인 은 드디어 "혼자서 놀며 사는 팔자"가 되었다. 그 속에서 새 롭게 "새와 짐승, 나무들"을 만나고 "아침저녁 놀과 달, 별 들의 전에 몰랐던 품새와 움직임"을 알게 되었다. 그리고 시인은 그 이미지들을 작품 속에 데려다 놓았다. 시인은 겸 허하게 "앞산 하늘 끝 뜬 노을 아내 삼고 뒷산 고라니 자식 삼네" 하는 허황한 수작을 늘어놓게 되었다고 말하지만, 단 순히 허황된 것만은 아니다. 이번 시집을 단지 일별하기만

하더라도 시인의 시에는 자연이 날것 그대로 감각되고 있으며, 그 감각들을 통해 자연의 자연됨을 바라보면서 그 너머까지를 시로 암시하고 있는 모습을 볼 수 있다. 꿈속에서 꿈 밖으로 나오려는 사람의 밝은 눈빛 한 줄기가 시를 통해 드러나고 있다고나 할까. 이 글은 그 눈빛 한 줄기의 기원을 찾아가는 글이다. 그 길은 시인의 눈과 시의 눈 모두를 시편들 속에서 찾아가는 길이기도 하다.

2.

서울 아파트 거실서 지내던 난 화분들을
시골집으로 데려와 마당에 내놓는다.
어리둥절 며칠 뒤 난 잎에 거뭇거뭇 흑반이 끼기 시작한다.
하나둘 예외가 없다.
긴 잎은 가운데가 갈라지고 이내 잎끝부터 마른다.
결국 실내에서 컸던 난 잎들
모두 말라 떨어진다. 지난날 강직함을 털썩털썩 내려놓는다.
자디잔 난석 틈에는 새 촉들이 솟는다.
품새의 크기와 색깔을 바꿔 밀어 올린 저 민낯들
낯선 바람과 햇볕에 근성 바꿔 어울리는
단순 적응인가 방어인가
버살아 숨을 자리 잡는 짐승인 듯
여기 으늑한 산골 마을을 골라 나는 왔다.

귀촌은 도연명(陶淵明)이 원조지만 이 구석진 동네 아무
개로 와
　새참에 몇 잔 털어 넣는 막소주가
　허기진 내 내벽에 홧홧한 불길로 치붙어 오르는데
　저는 무엇에 허기졌는가 자질한 고랑물이 터앝의 두둑마다
　흙을 머금고 위로 위로 치솟는 걸 본다.
　보고 있으면 꼭 절정까지 솟구치는 불길이다.
　퇴경(退京) 전 달래고 쓰다듬던 서울을 내려놓고
　적응인지 방어인지
　본색을 바꿔 가며 이즘 나도 새 촉들을
　절정까지 푸른 불길들로 밀어 올린다.
　　　　　　　　　—「물도 때로는 불길이다」 전문

　시인의 귀촌을 탈속이라는 말로 바꿀 수 있다면, 우선 탈
속 이전의 삶은 어떠했을까 알아볼 필요가 있다. 시에 따르
면 그것은 서울에서의 삶이다. 거기서 시인은 "사람과 사람
사이/별수 없어 또 사람들만 빼곡히 채워 넣고/그들의 부
싯돌 불 튀듯 맞부딪는 살기와 충동조절장애"로 가득한 삶
을 살았다. 그 삶을 견디는 방법은 "열 길 스무 길 지옥을
파고 들앉"아 있는 것이었다. 하지만 시인은 그곳에서 쉽게
도망치거나 물러서지 않았다. "퇴물 교수질"도 "뒤늦은 할
아비 노릇"도 하며 끝끝내 버텨 낸 것이다.(이상 「귀촌」) 그 버
팀의 동력은 무엇이었을까. 우선 짐작하기로는 세속을 부
정한 것이 아니라, 세속에 '부대끼며' 살아가는 자신의 마음

을 부정했던 것으로 보인다. 서울이 지옥이 아니라, 서울에 사는 시인의 마음이 지옥이라는 생각이다. 인용 시에서 시인은 시골집에서 서울 아파트 거실에서 기르던 난 화분들을 마당에 내놓는다. 거실보다 야외에서 잘 자랄 줄 알았던 난 화분은 오히려 "거뭇거뭇 흑반이 끼기" 시작하고, 결국 난 잎들이 "모두 말라 떨어"지는 모습을 보여 준다. 이 시에서 죽어 가는 난 화분을 바라보는 시인의 태도에 주목할 필요가 있다. 시인은 "지난날 강직함을 털썩털썩 내려놓는다"고 표현하고 있는 것이다. 그것은 그의 탈속 이전의 삶을 간명하게 보여 주는 것이기도 하다. 그는 서울의 삶을 오로지 "강직함"으로 버텨 온 것이다. 시인에게는 그 "강직함"이 탈속 이전의 삶을 지탱한 근본 동력이기도 하다.

하지만 난은 다시 "품새의 크기와 색깔을 바꿔" "민낯" 같은 "새 촉"들을 밀어 올린다. 시인은 그것을 보며 "단순 적응인가 방어인가"라고 독백하지만, 단순한 독백으로 보이지는 않는다. 적응과 방어는 대립항인 동시에 동일항이기도 한 것이다. "머잖아 죽을 자리 잡는 짐승인 듯/여기 으늑한 산골 마을을 골라 나는 왔다"고 서술하고 있지만 그것은 단순한 도피나 물러섬이 아니다. 시인은 귀촌 이후의 삶을 "흙을 머금고 위로 위로 치솟는", "보고 있으면 꼭 절정까지 솟구치는 불길"로 드러낸다. 시의 제목 "물도 때로는 불길이다"는 시인의 그런 심경을 뒷받침한다. 물이 흐름을 통한 적응의 속성을 가진다면, 불은 타오름을 통한 방어-재생의 의미를 가진다. 서울, 탈속 이전의 삶에서 그가 강직함으로 버텨 온 것처럼 귀촌 이후의 삶도 어쩌면 서울에서의 삶과 다르지 않다. 다만 삶의 형식이 바뀐 것뿐이다.

시인은 귀촌 이후, '놀이'의 삶을 산다. 어쩌면 이 '놀이'의 삶을 '무위'의 삶이라고 말할 수도 있을 것이다. "사람과 사람 사이" "또 사람들만" 채우던 삶이 아니라 그 속에 "등 굽은 호두나무나 널찍널찍 들여앉"히고, "시간의 거칠거칠한 몸뚱이를/새삼 어루만"지는 삶이며(「귀촌」), "시도 잠시 내려놓고/개론 정도 시어 터진 철학 담론도 훌훌 털어 접고" "화폭 속 저 산 밑 물가에서/등목이나" 하는 "산수첩 속에 가" 노는 삶이다(「폭염」). 하지만 그런 놀이의 삶에서도 그는 "새 촉"을 밀어 올리는 힘과, "겉늙은 바랭이 풀이 떠내려오는 토사를 전심전력 등 돌려/저 혼자 막아 낸 걸/가닥 실한 곁뿌리로 악착같이 그 전역을 붙잡고/살아 낸 걸" 본다(「폭염」). 이 구절은 시인의 귀촌 이후의 삶에 대한 자세를 짐작할 수 있게 해 준다. 그것은 "전심전력"이라는 시어에서 드러난다. "전심전력"으로 논다. '무위'를 흉내나 내는 삶을 살지 않겠다는 마음이다. 놀아도 전심전력으로 놀고 무위도 전심전력으로 해내겠다는 마음이다. 기왕에 해낼 '무위'라면 임포가 매처학자로 살았듯이, 시인도 "앞산 하늘 끝 뜬 노을 아내 삼고 뒷산 고라니 자식 삼"아 살아가겠다는 철저한 자세인 것이다(「봄꽃 적막」). 그래서 "나도 홀로 마음 열고 노니네. 하릴없이 이 산골에 뒹구네"(「봄꽃 적막」)는 그저 하릴없이 노니는 것이 아니다. 그렇다. 무위도 전심전력일 때

진정한 무위를 이룰 수 있는 것이다.

3.

　그렇다면 이런 무위 속에서 삶, 목숨이 속한 자리는 어디인가. 철저한 무위를 살아 내려는 시인의 시선으로 바라보는 자연, "새와 짐승, 나무들", "아침저녁 놀과 달, 별들의 전에 몰랐던 품새"들, 시인은 그 자연 이미지들이 "자연스럽게 작품들 속에 두루 자리 잡는다"고 말하고 있다(「시인의 말」). 어쩌면 이는 시인이 바라본 자연을 시적 조형 능력을 통해 '드러내고자' 하지 않았음을 암시하는 것은 아닐까. '드러냄'은 다분히 시적 주관을 통한 의도의 영역이다. 하지만 시인은 "자리 잡는다"고 쓰고 있다. 이 말은 오히려 자연이 서로 '관계 맺는' 자리에 '시'를 데려다 놓고자 한 것은 아니었을까 생각해 보게 한다. 그래서인지 시인의 시들 속에 자리 잡은 자연 이미지들은 형용사적이라기보다는 동사적 양태를 띠고 있는 것을 볼 수 있다. 「가을비」에서 가을비는 "소리만" 오는 것이 아니라 "호두나무를 기어오르"고 "이 나라 전역에 흩어져 달아"나며 "소리도 없이 고양이 걸음으로 온다". 「직박구리의 봄노래」는 직박구리의 울음과 나무의 관계가 다양한 이미지들의 중첩을 통해 함께 부르는 노래로 조응되고 있으며, 「달개비」에서는 "징그러운 더위도/ 택배 선물처럼 수납해/집 뒤 야트막한 자드락에/사소하게 핀" 과정으로서의 개화를 드러내고 있다. 이 시집에 드러나는 자연은 어떤 것이든, 그야말로 '서로 놀고 있는' 모습으로 드러난다.

자연은 이렇게 저희끼리 놀고 있다. 그리고 시인은 그 자연 속에서 놀고 있다. 그렇다면 자연이 놀고 있는 마당은 어디일까? 시편들에 따르면 그곳은 허공이다. '비'는 "허공의 거죽을 타고 주르륵 미끄러져 내"리고(「가을비」), "봄꽃"들은 "마을의 이 허공 저 허공"에 "전문 시위꾼처럼 떼로 와 함성 만발"하고(「봄꽃 적막」), "새"는 "노숙 중인 허공을 끌어내리고 좀 더 높이 노래를 얹"는다(「직박구리의 봄노래」). "양귀비 붉은 꽃"이 진 자리에도 "흘린 거 묻은 거 없는 허공이 천연덕스레 깊"고(「늦깎이 공부」), 공원의 나도박달나무도 "품새 꼭꼭 여"미고 "허공 안으로 골똘히 무너져 들었다"(「겨울 미니어처」). 이렇게 이번 시집에서 자연의 이미지들이 드러나고 있는 시편들에는 거의 예외 없이 '허공'이 등장하는 것을 볼 수 있다. 그러나 허공은 단순히 자연의 배경 이미지로만 등장하지 않는다. 시 「별똥」에서 허공은 우주의 "호스피스 병동"이기까지도 하다. 허공은 그 자체로 하나의 자연이자, 능동적으로 다른 자연과 상호작용하는 모습을 보여 주고 있는 것이다. 자연을 하나의 육체로 볼 수 있다면 허공은 근원적으로 다른 육체들과 관계 맺는 자연으로서 또 하나의 육체성을 부여받고 있으며, 상호 조응하는 대지로서의 역할을 하고 있다.

때 없이 시간이 기어 오르내린 벚나무 아름드리 둥치엔
겉껍질 틈새 실낱의 고샅길이 나 있다.

그 길로 올해도 긴적없이 왔다 가는 봄 한철

이제 나도 하직하련다.

바람 없어도 때 없이 낙하하는

저 사창고개 줄지어 선 벗나무 떼구름 꽃들 속

꽃 진 자리가 더 큰 허공에게 자리 내주는

그 숨어 있는 자드락길로

내 가련다.

이 세상 너머 더 환한 세상 없어도

더러는 길 잘못 들어 옛날이 고스란히 살고 있는

과민소국 어느 낡은 집 걸쇠 따고 들어가 유폐될지라도

더러는 잘못 든 길 되짚어 나와

다시 남부여대 지고 이고 가는 유목의 뭇 마방들 뒤따라

황천의 천산북로 머나먼 길 헤맬지라도,

벗나무 떼구름들 속 내려가는

이 봄 한철의 하직 길

아파트 후문 근처 맥줏집에서 수입 맥주 한 병 입매나 하고

나도 긴적없이 휘적휘적 가련다.

앞서간 치들의 발자국 환할 일은 없지만

누구나 하늘에는 자기 길이 따로 있어 그 길 오고 갈 마

련이다.

—「먼 길」전문

  시인은 봄날이 벗나무 둥치를 보고 있다. 좀 더 구체적
으로는 벗나무 둥치 "겉껍질 틈새 실낱의 고샅길"을 보고

있다. 거기서 시인은 자취 없이 왔다 가는 봄의 길, 즉 시간의 길을 더듬어 보면서 이제 자신도 "하직 길"을 준비한다. 그 하직의 길은 "벚나무 떼구름 꽃들 속/꽃 진 자리가 더 큰 허공에게 자리 내주는/그 숨어 있는 자드락길"이다. 그 길 너머 다른 세상, 더 나은 세상은 이제 꿈꾸지 않는다. 그 하직의 길에서 그가 만날 삶이란 "과민소국", 곧 노자의 이상향의 삶이거나, 자유로운 유목의 삶이다. 그 길의 첫머리 또한 거창하지 않다. 그저 "아파트 후문 근처 맥줏집에서 수입 맥주 한 병 입매나 하고" 가는 소박한 생활에서 시작되는 길이다. "앞서간 치들의 발자국"의 도움을 바라지도 않는다. 다만 "누구나 하늘에는 자기 길이 따로 있어 그 길 오고 갈 마련"의 길을 시인도 걸어가고자 할 뿐이다. 하늘의 길은 곧 허공의 길이고, 허공의 길은 곧 자연의 길이다. 허공과 자연과 시인의 삶이 서로 비추고 겹쳐 드는 길, 그 길 위에서만이 "이 마을의 이 허공 저 허공에도/전문 시위꾼처럼 떼로 와 함성 만발한 봄꽃들/의 깊은 적막 속에/저 하처미자 처자식 데리고/나도 홀로 마음 열고 노니네. 하릴없이 이 산골에 뒹구네"(「봄꽃 적막」)의 삶이 가능해지는 것이다.

4.

그러나 대지 없는 허공이 있을까. 시인이 꿈꾸는 "하처미자"의 삶은 일종의 유토피아적 삶이다. 여전히 시인의 발은 대지에 뿌리내리고 있다. 대지를 걷는 사람으로서 시인은 때로 대지 깊숙이 손을 넣어 자신의 뿌리를 더듬어 보기도 하고, 뿌리에서 자라난 아픈 줄기들을 달래 주기도 하며, 나아가 곁에서 더불어 자라고 살아가는 목숨과 이웃들에 대한 애정과 연민으로 아파하는 모습을 보여 준다.

그래서인지 시인의 이번 시집에는 시인의 힘든 삶과 가족사를 드러낸 시편들이 보인다. "혹한과 주림에 궁상떨던/버즘나무의 1960년대 허구리께"에 참고서와 영어 사전을 "쌀 한 봉지, 연탄 두 장 사기 위해 내다" 팔거나(「헌책방」), "곱삶이 한 그릇 대신" "왕소금 한 움큼 털어 넣고 물을" 마시던 가난과 허기로 가득한 과거를 떠올리고(「왕소금 점심」), "소박데기 누님"의 아픔을 돌이켜 보기도 하며(「가을 햇살」), "관절이 다 어긋나 찌그럭거리는/폐품 직전의 몸"이 된 어머니의 삶과 아픔을 간절하게 되뇌어 보기도 한다(「어머니, 엄마, 맘……」). 시인의 이웃에 대한 관심은 어쩌면 자신의 뿌리에 새겨져 있는 고통과 아픔을 잊지 않는 데서 시작하는 것인지도 모른다.

그 사내가 얼마 전부터 보이지 않는다
깻박치듯 생활 밑바닥을 통째 뒤집어엎었는지
아니면 생활이 앞니 빠지듯 불쑥 뽑혀 나갔는지
늙은 아낙과 대처로 간 자식들 올려놓기를
그만 이제 내려놓았는지
아침 녘 버스가 그냥 지나친 휑한 정류장엔
차에 올리지 못한

보따리처럼 그가 없는 세상이 멍하니 버려져 있다

　　　　　　　　　　　　—「합덕장 길에서」 부분

　시인은 버스 정류장에서 매일 아침 한 사내를 목격한다.
그는 아침나절이면 읍내 버스에 "저자에 내다 팔 채소와 곡
식 등속의 낡은 보퉁이"들로 꾸려진 장짐을 올려 주고는 했
다. 6.25로 인해 한쪽 팔을 잃었고, "절량"의 시절을 겪었지
만, "외팔로 거뿐거뿐 들어 올리는" 모습은 그가 시련을 잘
견뎌 내며 살아왔음을 암시하고 있다. 어쩌면 시 속의 그
사내는 그 시절을 지나온 모든 사람들의 초상이기도 할 것
이다. 그러던 그가 보이지 않자 시인은 궁금해한다. "생활
밑바닥을 통째 뒤집어엎었는지", "생활이 앞니 빠지듯 불쑥
뽑혀 나갔는지" 등에서 그의 죽음을 짐작할 수 있다. 시인
은 사내가 보이지 않는 이유를 궁리하다가, 사내가 없어 휑
한 정류장을 보며, "그가 없는 세상이 멍하니 버려져 있다"
고 쓴다. 그렇다면 그는 어디 있는가. 시에 따르면 그 사내
는 "읍내 쪽" 구름 위에 "푸른 하늘"을 "무진장" 엎어 놓고
있다. 시인은 귀촌 이후의 삶에서도 함께 살아가는 '이웃'들
의 아픔에 대한 관심을 놓지 않는다. 그들은 여전히 시인과
함께 아픔을 겪는 사람들이며, 그가 돌아보아야 하는 사람
들이다. 사내의 죽음에 대한 시인의 생각도 마찬가지다. 그
사내의 죽음은 단순한 죽음이 아니다. 시 「먼 길」에서 보이
는 것처럼 단지 "자기 길"을 그 사내도 간 것이라고 시인은
생각하는 것이다. 그 또한 어쩌면 "하처미자"의 삶이라고

말하는 것은 아닐까.

그러나 "하처미자"의 삶을, 유토피아를 꿈꾸며 살아가기에는 세계는 여전히 폭력적이다. 우리가 살고 있는 세계는 "고무 통에 살해한 시신 첫 담그고/왕따 친구에게 토사물 먹이고/몸에 끓는 물 들이붓고 패서 죽이는 놀이를/놀이로 즐겁게 노는" 곳이고, "인간이 동물로 급발진하듯 튀어 들어가는/인간이 마음에 참호처럼 연옥을 파서 놀이 삼아 들어가는" 곳이다(「만화경」). "1947년 봄/심야/용당포가 삼켰던 한 영아"의 비극은 65년이 지나서도 사라지지 않고, 시리아 난민 세 살 아이 '아일란'의 죽음이라는 비극으로 되풀이 되고 있다. "세기가 바뀌어도/인간은 언제나 죽고 죽이는 전쟁과 살육에 골몰"해 있는 것이다.(이상 「Please, Non Die」) 아무리 전심전력으로 무위하고자 한다 하더라도, 시인의 마음에는 끝내 어두운 그림자가 깔릴 수밖에 없다.

그 나라는 맹골수로에 전복되기 직전 직각 벽으로 기울던 대형 여객선처럼

이른바 난파 직전 고관, 졸부들, 정치꾼, 얼치기 기자들이 혹은 변복으로 혹은 팬티 차림으로 제일 먼저 빠져나와 도망갔다고 한다.

갑판 밑 선실 방방마다 구명조끼노 붓 입은 채 대기하다 가라앉은

영문 모른 뭇 목숨들

머리 좋은 몇몇이나 물살 중에 살아 나왔다고 한다.

그렇게 격류 흐르는 서남단 심층류에 금세기 초 깊이 가

라앉은,

거기 켜켜이 썩은 탐욕과 비리 속에 생금(生金)처럼 묻힌

그 어리디어린 미래가

이 시 읽는 당신이 아, 바로 그 나라다.

— 「아, 그 나라」 전문

　　시인은 세월호 사건에 빗대어, 지금 우리가 살고 있는 나
라의 현실에 대해서도 비판적으로 성찰하고 있다. 침몰하
는 세월호에서 제일 먼저 빠져나온 사람들은 선장과 기관
사들이었다. 승객을 끝까지 지켜야 할 사람들이, 승객을 버
리고 가장 먼저 탈출한 어이없는 일이 일어난 것이다. 시인
은 세월호에서 한국 사회의 현실을 본다. 위기에 처한 상황
에서 가장 먼저 달아나는 것은 "고관, 졸부들, 정치꾼, 얼치
기 기자들"이다. 이렇듯 "켜켜이 썩은 탐욕과 비리"로 가득
한 나라에서 힘없고 약한 사람들, "영문 모른 뭇 목숨들"은
"구명조끼도 못 입은 채 대기하다 가라앉"을 수밖에 없었
다. "그 어리디어린 미래", "이 시 읽는 당신"이 "바로 그 나
라"라는 시인의 전언은 시인의 자책이자 반성인 동시에 메
아리가 되기를 원한다. 현실이 이렇게 될 때까지 수수방관
한 시인도 독자도 모두 책임이 있다는 것이다. 그래서 시인

은 "심해에 폐선이 가라앉아 있다. 갑판 밑 비좁은 기관실에 숨었던 악령이 기어올라 온다. 고개 쳐들고 입 쩍 벌린다. 제 삶도 집어삼킨 불쑥 출현한 괴물, 여섯 각 장미꽃을 쓴 채 통째로 떠 있다"(「이즘 내 마음에는」)라는 탄식에까지 이르기도 한다. 그것은 어쩌면 폭력적인 세계와 대결하는 내면적 사투이기도 할 것이다. 이런 세계를 대면하는 시인의 마음은 "내 겪은 시절 그보다 더 험악해선 안 된다는 부질없는 생각에/벌써 마음 진창말이인 저 어린 게/참 너무 안 됐다는 헛된 걱정에/가슴 아래 명치께가 돌연 뻐근해지는"(「바로 그런 아침」) 연민의 감정으로 자라나는 세대를 바라보게도 한다. 그래서일까, 시인이 문득 자신을 "괜히 허공에 발가벗겨/내쫓긴 겨울나무"(「겨울나무」)라고 생각하기도 하는 것은.

대지에 뿌리내린 삶은 아프다. 그러므로 시인의 무위는 완전한 무위가 아니다. 어쩌면 시인에게 완전한 무위는 불가능할지도 모른다. 그것은 대지의 아픈 살결을 외면하는 것이기 때문이다. 다시 시인의 말 "논다"를 생각해 보자. 어쩌면 시인의 '전심전력으로 논다'의 의미는 '전심전력으로 함께한다'는 말의 동의어는 아닐까. 시인의 "하처미자"의 삶이란 단지 자연에만 국한되는 것이 아니다. '노을'과 '고라니'뿐만 아니라, '너'와 '우리' 또한 아내 삼고 자식 삼는 마음이다. 그것이 허공의 마음이며, 허공이 대지를 향하는 마음이고, 허공이 대지를 감싸 안는 마음이기노 할 것이다.

5.

「시인의 말」 첫머리에 시인은 귀촌 이후에도 "변함없이 작품을 썼다"고 말하고 있다. 귀촌 이전의 그의 삶을 버티게 해 준 것이 시였던 것처럼, 귀촌 이후에도 그의 시는 진행형으로 전개되고 있다. 탈속 이전의 시들은 마음에 지옥을 들어앉히고 살아야만 했던 힘겨운 삶의 기록이었고, 그 마음을 더 들여다보기 위해 불교에 관심을 가지고 마음밭을 갈아야만 했다. 하지만 귀촌 이후 시인은 시에 대한 다른 생각을 보여 준다. 시인의 삶이 "하처미자"의 무위를 추구하는 것과 아울러, 시인의 시 쓰기도 최대한 인위를 덜어낸 자연스러운 시를 꿈꾸고 있는 것이다. 그것은 허공으로 상징되는 유토피아와 대지의 아픔 사이를 자연스럽게 매개하는 통로로서의 몸 되기와 같은 것이라고 할 수 있다.

A4 용지에 이즘 생활이 전폭 텅 비어 있다.

거기 나를 무릎 꿇려 앉히고
나는 서산대로 짚어 가며 나에게 허무경(經)을 읽힌다.
하루 한 차례씩이다.

진동 모드의 핸드폰이 진저리 쳤나,
그러나 막상 폴더 열면 텅 빈 액정 화면만 빠끔 내다볼 뿐
어디서고 후일담은 오지 않는다.

낮잠 막바지 좌심방의 어디선가
쾅, 쾅, 앞날이 무섭게 닫힌다.
아무리 귓속을 열고 털어 내도 생활은 쏟아지지 않는다.

싱크대에서 쌀 대껴 저녁 밥물 붓고
가늠하느라 담근 손등에 찰랑대는 후반생의 고요.

이때쯤 A4 용지에서 끓던 신경이
눌어붙는다. 다시 전폭 텅 비워진다.
　　　　　　　　　　　　　　—「생활」전문

　A4 용지를 앞에 두고 시인이 한 말, "이즘 생활이 전폭
텅 비어 있다"는 것은 무엇을 의미하는 것일까. "생활"을
'삶'으로 치환해 본다면, 그것은 시와 삶의 괴리감에서 오는
자탄일 수도 있다. 이 시가 쓰일 무렵 시인이 쓰는 시들에
시인의 삶이 생생하게 담겨 있지 않다는 의미일 것이다. 시
인에게 시는 세계를 받아들이는 몸과도 같은 것이었다. 그
몸으로서의 시가 쓰이지 않을 때, 그것은 아무리 한 자 한
자 "서산대로 짚어 가며" 읽어도 모두 "허무경"일 뿐이어서
자신을 스스로 벌줄 수밖에 없다. 시인이 추구하는 몸으로
서의 시는 그가 살아온 삶의 '후일담' 같은 것이다. 무언가
감응했다고 생각해 써 내려가 보면 거기에는 '후일담'은 없
고 "텅 빈 액정 화면" 같은 공허가 가득 차 있을 때 시인은
허무감을 느낀다. 그런 허무감은 차라리 죽음보다 두려운

것이어서 "좌심방의 어디선가/쾅, 쾅, 앞날이 무섭게 닫"히는 절망감까지도 경험하게 만든다. 그래서 시인은 끝없이 자신을 헤집고 흔들어 보기까지 하지만 어디서도 생활이 "쏟아지지 않는" 시에 좌절한다. 결국 A4 용지에서 끓어오르는 것은 생활이 아니라 "눌어붙"은 "신경"일 뿐이다. 그것은 시인에게는 실패한 시, 죽은 시이다. 결국 시인은 다시 쓴 시들을 삭제해 버린다. 그렇다면 시인의 생활은 어디에 있는 것일까. 사실 시인은 알고 있다. "싱크대에서 쌀 대껴 저녁 밥물 붓고/가늠하느라 담근 손등에 찰랑대는 후반생의 고요"에 있다는 것을. 정작 시인이 써야 할 것은 바로 '지금 여기'서의 '생활'이라는 것을.

> 묻는다: 이즘엔 생각 하나 꼬깃꼬깃 안주머니에 못 넣는데 그 지갑에 사물 몇이나 접어 넣을 수 있어? 방아 찧고 밥 짓는 동안 저절로 뭇 게 허업임을 화들짝 알아낸 건 혜능 아닌감?
> 허업 선생 가로대: 너는 참으로 말을 잘 키우는구나. 정치가 허업은 무슨, 삶이 허업이지. 허업이라 삶은 되레 시도 때도 없이 신나게 방아 찧고 밥 짓는 일이네 이즘은 쌀 그대로 안치고 물 부으면 되는데 방아확 대신 압력 밥솥으로 제 본마음 열겠나 ㅎㅎㅎ.
>
> ─「카톡질 한참」 부분

모두 네 연으로 이루어진 이 시의 첫머리에서 시인은 그

간 자신의 시업을 밥솥이 폭발하는 것에 비유한다. 그간 시인의 시업은 "어느 말은 낭떠러지에서 추락하는 악몽을" 꾸고, "비척대는 늙은 노숙자처럼 어느 말은 허공에서 소매 끝을 펄렁"대기도 하며, "시간을 등진 어느 말은 급식 밥 잔반으로 사람 마음 전두리에 말라붙"어 있다고 진술한다. 앞서 인용했던 "눌어붙"은 "신경"으로 가득한 시들과 다르지 않다는 성찰이다.

인용 부분에서 시인은 시에 대해 자신이 깨달은 바를 말한다. 삶이란 무언가 특별한 것이 아니라 "되레 시도 때도 없이 신나게 방아 찧고 밥 짓는 일"인 것이다. 시인의 몸은 "밥솥만 한 누덕진 몸"이고 "그동안 뭇 것이 드나든 통문일 뿐"이며, 그간의 시업은 그저 "휘발하는 말 폭탄"이었을 뿐이다. 그렇다면 시인에게 삶과 시의 괴리감을 극복하는 길은 무엇인가. 그저 "쌀 그대로 안치고 물 부으면 되는" 것이다. 억지로 "압력 밥솥"처럼 압력을 가하고 누른다고 해서 시가 되는 것이 아니다.

이런 사유는 다른 시 「문장 노동」에서도 드러난다. "집뒤짐하듯 흔글 2007에 들른다. 공백을 뒤진다. 어느 말은 씻기고 어느 말은 추려 낸다. 곯은 놈, 파치들을 골라낸다. 누전으로 합선된 말이 탄내를 날리고 녹아내린 뜻 더미가 생각의 육괴다. 시에 곯아 온 등짝에는 상상력이 찐득찐득 눌어붙었다"에서 보이는 것처럼, 이제 시인은 지난한 퇴고의 과정을 통해 이루어졌던 자신의 시작법 또는 시작 행위를 근본적으로 성찰하고 있다. 그 성찰을 통해 시인이 도달한 자리는 어디일까. "베란다 문에 구멍을 뚫는" '행위 그 자체로서의 시'다. "내 안의 누군가 발뒤꿈치 들고 안 뵈는 앞날을 기어이 또 넘겨다본다"의 "누군가"는 인위적으로 퇴고하고 조율하는 '나'가 아니라, 자연스럽게 '시의 몸'이 되는 '나'인 것이다. 그럴 때 "시마(詩魔)에 들린 듯 뼈 앙상한/나의 시는 거기 제 발치에 비로소 둥그런 귀명창 자리를"(「싸락눈 치는 날」) 펼치는 일이 가능해지는 것이다. 시 「말에 관한 명상」에서 "그렇게 이 지상에 내놓았던 온갖 입 발린 소리들을 거둬들인/절제당한 목청 탓인가/묵묵한 고요만으로/그는 마을 회관 화투판에서 상당시중을 한다./내게 쥐어진 패는 이제껏 따라지보다는 갑오더라고/침묵도 고역 아닌 기쁨이더라고/늘그막 회복란 그렇다고"라는 영감의 말은 결국 시인의 말과 다르지 않다. 이런 깨달음을 통해 시인은 "하처미자"의 무위를 꿈꾸는 몸과 여전히 아픈 대지 위를 걸어가는 몸이 하나로 이어지는 시의 '자연'을 구현하기를 꿈꾸고 있는 것이다.

6.

귀촌 이후에 쓰인 이번 시집에는 '내려놓는다'는 말이 빈번하게 등장한다. "도시적 삶의 강박"(「시인의 말」), "지난날 강직함"(「물도 때로는 불길이다」), 그리고 "끼고 살던 시도 잠시 내려놓"는다(「폭염」). 자연물들도 마찬가지다. 강과 나무, 폭포 등도 하나같이 무언가를 내려놓고 있다. 그렇다면 그 '내려놓음'의 의미는 과연 무엇이며, 그 '내려놓음'을 통해 어디에 도달하려는 것일까.

　　그만해라 그만하면 됐다 함부로 나대지 말고 그만해라

　　내리는 함박눈이 호두나무 고목의 어깨를 찍어 누르듯
어루만지고 품 안에 가로세로 두서없이 누운 논밭들을 더
깊숙이 안아 뉘는 소리. 내리는 솜눈들이 매무새 사납게 풀
어헤치고 나대던 언덕 뒤 억새들도 제자리 붙들어 앉히는
소리. 궁둥짝 들썩이던 온 세상 뭇 것들 그렇게 제 자신 내
면으로 내려가 들앉는데 뜨끈한 방 아랫목처럼 들앉아 혼자
서 여럿이서 끼리끼리 귀 열고 수군대는 소리. 거기 대란 대
치의 식식대며 들끓던 내 젊은 날 피도, 그만해라 참어라 아
프기만 한 내 뉘우침도 다독여 주저앉히는 소리. 허공과 면
벽한 애소나무들 누구처럼 제 팔뚝 끊어 내는지 눈발 선 산
속 가득한 신음 소리. 즉설법문인가. 내 마음속 소리 죽여
듣는 함박눈 소리.

　　그만해라 그만하면 됐지. 함부로 나대지 말고 그만해라
　　　　　　　　　　　　　　　　　　　　　　　　　—「단비(斷臂)」전문

　　인용한 시 「단비」의 "그만해라 그만하면 됐다"와 "그만해
라 그만하면 됐지" 사이에 일어난 일에서 어떤 해답을 찾을
수 있을 것 같다.
　　시인은 그 눈 속에서 다양한 소리를 듣는다. '어루만지

고, 안아 뉘며, 붙들어 앉히고, 수군대고, 주저앉히는' 소리
들을 듣는다. 그 소리들을 들으면서 시인은 "즉설법문"이라
고 생각한다. 시에 따르면 "내 마음속 소리"를 죽여야만 들
을 수 있는 소리이기 때문이다. 자신의 팔을 잘라 구도의
의지를 보였던 혜가의 단비를 떠올려 볼 때, "내 마음속 소
리"를 죽이는 일은 단비와 같은 단호한 결심이 있어야 가
능하다는 것인지도 모른다. 이렇게 볼 때, 첫 연의 "됐다"는
아마도 "식식대며 들끓던 내 젊은 날 피"의 소리이고 "뉘우
침"의 소리인 "내 마음속 소리"일 것이다. 그러나 마지막 연
의 "됐지"는 "내 마음속 소리"가 사라진 자리에 들려오는
소리다. 그것은 함박눈이 들려주는 소리인 동시에 "내 마음
속 소리" 너머에서 들려오는 소리다. 자기를 책망하는 소
리가 아니라 자기를 긍정할 수 있게 된 소리라고 할 수 있
다. 시인은 함박눈이 내리는 소리를 들으며 이제는 삶의 격
정과 회환을 내려놓을 수 있게 된 것이다. 다르게 생각하면
"됐지"는 달마가 혜가에게 말하는 소리일 수도 있다. 법이
란 그렇게 요란하게 얻을 것이 아니라는 것이다. 이렇게 생
각해 보면 시인은 스스로에게 말하고 있는지도 모른다. 시
인의 젊은 날의 격정이 "함부로 나"댄 것이었음을, 요란스
럽게 찾아 헤맨 것이었음을 말이다. 그것은 "삶에 막무가
내 투정 부리며 채근당하며", "들개처럼 나날이 이 골목에
서 저 골목으로/길바닥에 코를 끌며 떠돌았"던 지난날이었
으며, 이제 단호한 결심을 통해 내려놓은 뒤에야, "쥐 죽은
듯이/언 밥찌끼 흩어진 수챗구멍 속 죽은 듯이 숨은 시궁

쥐처럼/숨어든 지금 이곳이/바로 언젠가 그 어느 곳이었음
을" 깨닫게 되었음을(「이건 아니지 그럼」).

> 깎아지른 침엽 끝에 앞발굽 들고 곤추서서
> 그 낙타들이 들여다보는
> 거기
> 짐짓 지어 논 허공의 유르트 도관엔 웬 성명 불상의
> 푸르름이 우글우글 깊다 와글와글 고요하다
> 언젠가 몸에서 날은 저 유목의 본색들
> 그중엔 더러 낯선 이역의 낙타들도
> 섞여 섰다.
> 그래도 끼리끼리 낯익은 제 절조나 고행과
> 통성명도 하며 어울려
> 수수 십 년 한통속 힘겹지 않게 입신(立身)을 높이며 놀
아야 할
> 유목하는 물의
> 대주(垈主),
> 왜 소나무는 늘 푸른가를
> 나는 본다
>
> ——「왜 솔은 늘 푸른가」 부분

그러나 '내려놓음'을 통해 깨닫게 된 '지금 여기'조차 시
인이 닿아야 할 곳은 아니다. 시인은 소나무에서 불, 물의
낙타들의 험난한 행로를 본다. 소나무는 스스로 하나의 생

명으로서의 나무인 동시에 물이 대지에서 허공으로 나아갈 수 있도록 하는 생명의 길이기도 하다. 물의 낙타들은 나무의 헛물관 길로 행군하여, 하늘 한 부분에 닿는다. 거기는 "깎아지른 침엽 끝"이며, "앞발굽 들고 곧추서서" 들여다보아야 하는 백척간두의 끝이다. 한 걸음 더 나아가야 하는 그 자리에, 어쩌면 짐짓 포기할 수도 있을 찰나의 자리에 "유르트 도관"이 있다. 유르트는 유목민이 사용하는 천막이다. 그 유르트에 "우글우글 깊"고 "와글와글 고요"한 푸르름이 있어, 물의 낙타들을 잠시 쉴 수 있게 한다. 그러나 거기 안주하는 순간 유목은 끝나고 마는 것이다. 유르트는 다만 '화성'과 같은 것이다. '화성'은 '화성유'에서 따온 말이다. 『법화경』에 따르면 보물을 찾던 무리들이 험난한 길의 도중에 힘들고 지쳐 돌아가려 하므로 길잡이가 잠시 쉴 수 있도록 신통력으로 만든 성이다. 그곳에 안주하는 순간 유목은 끝나고 만다. 그 유르트마저 허물고 다시 나서야 하는 것이다. "왜 소나무는 늘 푸른가를/나는 본다"에서 시인이 보고 있는 것은 무엇일까. 그것은 소나무가 바로 대지와 허공 사이를 이어 주는 길이자 몸이기 때문이다. 그러므로 대지도 나무도 허공도 모두 푸르다. 거기에는 어떤 분별도 존재하지 않는다. 시인이 '내려놓음'을 통해 도달하고자 한 자리는 이렇게 모든 분별을 넘어선 자리가 아닐까.

7.

그렇다면 시인이 꿈꾸는 '놀이' 곧 '무위'의 밑자리는 어쩌면 모든 분별이 사라진 자리일 수 있다. 분별은 유위의 산물이다. 시인이 스스로 끝내 벗어나고자 하는 것, 그리고 이 세계에서 끝내 벗겨져야 하는 것은 바로 그 분별이다. 분별이 사라질 때, 차별은 차이가 되지 않고 낙차는 격차가 되지 않는다. "드넓은 하구에 와 편안히 안긴/강물인지 바닷물인지/너와 나 분별을 지운 질펀한 생각이 흐르는 듯 흐르지 않는다"에서처럼 "너와 나", '강과 바다'의 경계가 사라질 때(『강, 하구에 와서는』), "뭇 무리들 귀하고 더럽고/아예 구별 없이 타고 내리는/이것은 웬 시대의 마음"이 실현된다(『전동차 안에서』). 그것이 가능해지려면 "내가 사라지니 걸릴 것 아무 무엇도 없는/저 마음은/누구도 무슨 생각도/차별 없이 앉았다 가는 푹신한 좌석"이 되어야만 한다(『겨울 상수리나무』). 즉 '내'가 사라진 자리에까지 이르러야 하는 것이다. 이런 사유에 이르기까지 시인의 내면적 사투는 처절한 것이기도 했다. "탈출하는 성난 흰곰처럼 빙산 속 빙산 두어 마리가/몸 낮춰 웅크렸다 튀어 오르고/튀어 오르다 끝내 기진해서는 되미끄러져 내리는/그 짓을 수수 십 길 빙벽에서 쉼 없이 되풀이하는//콱콱 찍던 발톱 부러지고 견갑골도 어슷이 쪼개져서는/털썩털썩 붕괴하는/쉼 없이 그 짓으로 되풀이 되풀이 곤두박질 처박히는"(『할』) 고통스러운 과정을 통해 드디어 '나'를 버리는 과정에 이른 것이다. 아니 정확하게는 '분별하는 나'를 버리는 경지에 도달한 것이라고 할 수 있다. 그래서일까, 시인은 늘그막에 잦아온 건망증조차도 반갑다. 그것은 몸이 스스로 '나'를 버리는 과

133

정이기 때문이다. '나', '분별하는 나'의 의식은 몸의 산물이다. 경험과 기억이 바로 '분별하는 나'를 가능하게 한다. 늘 그막에 이른 시인에게 경험과 기억은 더 이상 고착된 무엇이 아니다. "뇌 해마의 거죽에/잠깐 잠깐 앉았다 날아가는"(「건망증」) 것이 되어 버렸으며, 그리하여 "툭하면 소지품들 시도 때도 없이 손아귀 밖으로 도망치고/심지어는 입안에 든 밥알들도 어어 어어라 뛰쳐나와/식탁 밑 고꾸라지듯 굴러떨어지곤 한다./각자 물건들을 그렇게 서슴없이 방량이나 시켜 줄 일밖에 없는"(「이런, 나도 어치과인가」) 자유를 얻을 수 있게 되었다. 그러므로 "이 세월에는/어떤 내가 본래 나인가"(「이런, 나도 어치과인가」)라는 물음은 이미 대답이 내재된 질문이다. 그 대답은 '어떤 나도 본래 나'가 아니며, 나아가 '본래 나'라는 것은 어디에도 없다는 것이다. 그럴 때에야 고통조차도 고통이 아니게 된다. "모처럼 먹통에도 열린 내 코는 얼마나 상쾌한가./벌름벌름 취한 삶은 얼마나 황홀인가"(「비염」)에서처럼 고통과 취함이 다르지 않고, 닫힘과 열림이 다르지 않은 것이다. 그 삶은 게다가 어렵지도 않다. 시 「한 고전주의자의 독백」이 명쾌하게 보여 주는 바에 따르면, 그 삶은 "저 하고 싶은 대로" 하지 않고, "남의 파리한 등줄기 찍어 누"르지 않는 것이며, "괴춤을 부여잡고 공중변소 앞인 듯/긴 줄 선 방동사니들이 어쩌랴 바로 그런 게 삶이라고/서로가 서로에게 생각 비켜 주는" 단순함에 있다. 시인의 무위는 이렇게 소박한 자리에서 시작한다.

1

허공을 빗돌 삼아 앞에 뉘어 놓고
그가 새기고 써 내려가고자 한 최상승의 글 한 줄은 무엇
인가.

변두리 없으니 한복판이 없고 내가 없으니 네 또한 없고
늙음 없으니 젊음이 없고 낡음이 없으니 새로움은 어디
있는가
깊음이 없으니 얕음은 어디 있는가

어리석어라
이미 누군가 허공을 그냥 저리 한 개 마음으로
써 놓았으니
무엇을 더 거기 새길 일인가.

2

마을 회관 앞 느릅나무 잎눈이
공중에
겨우내 피 듬뿍 찍은 붓끝을 중봉(中鋒)으로 쥐고 섰다
가끔 붓방아를 찧는다

뭘 허공에 쓰나

　그렇다. 허공에는 '변두리/한복판', '나/너', '늙음/젊음', '낡음/새로움', '깊음/얕음'이 없다. 거기 써 내려가고 싶은 "최상승의 글 한 줄"은 그렇다면 무엇일까. "이미 누군가 허공을 그냥 저리 한 개 마음으로/써 놓았으니" 거기에 무엇을 쓴들 그것은 어리석은 짓일 뿐이다. 그러므로 결국 "최상승의 글 한 줄"은 영원히 쓰이지 않을 것이며, 어쩌면 "최상승의 글 한 줄"은 처음부터 존재하지도 않았을 것이다. 어쩌면 "겨우내 피 듬뿍 찍은 붓끝을 중봉으로 쥐고" 서서 "붓방아를 찧는" 일 자체가 "최상승의 글 한 줄"일지도 모른다. 결국 쓰는 자도 없고, 쓰인 것도 없다. 아니 쓰는 자와 "최상승의 글 한 줄"은 이미 하나다. 이렇게 '분별하는 나'가 없을 때, 대지와 자연과 허공은 '나'와 함께, 서로의 몸이자 길이 될 수 있는 것이다. 이런 밑자리에서야 "어느 모서리에 나사못으로 박혀 누군가의 녹물처럼 스며 나온 생을 꽉꽉 조이며 닦아"(「나사」) 주는 삶이 가능해진다.

　다시 첫머리로 돌아가자. 김대현과 김시습의 삶에는 또 하나의 공통점이 있다. 두 사람은 평생을 바쳐 깨닫고 쓴 것을 죽음을 앞두고 모두 태워 버렸다. 무위는 아무것도 하지 않음을 의미하는 것이 아니다. 사물의 자연스러운 본성에 따르는 '무위'는 '했으나 한 것이 없는 경지'다. 인위가 개입하지 않은 상태의 '함'이다. '놀다'도 마찬가지다. 한 것도 없지만 안 한 것도 없다. 두 사람은 모두 그것을 알고 있었다. 그렇기에 진정한 '무위'는 '유위'와 같은 동시에 다른 것이다. '무위'는 '유위'를 모두 버리는 데서 시작된다. 그것이 바로 '모두 태우는' 행위가 아닐까. 자신의 삶 전체를 '놀이' 혹은 '무위'로 만드는 것이다. 대지에도 자연에도 허공에도 어떤 흔적도 남지 않을 때, 진실로 흔적이 남게 된다는 역설, 바로 그 역설이 꿈속에서 꿈 바깥을 사유하는 것을 가능하게 만드는 것 아닐까. 그러나 그 길은 도달하기 쉬운 길이 아니다. 「시인의 말」에서 귀촌 이후 시인은 "변함없이 작품을 썼다"고 말하고 있다. 그러니 이제 다시 말하자. 시인은 귀촌 이후 시를 쓰면서 자신의 시를 '태우고' 있었던 것은 아닐까. 그렇게 타오르는 시의 불빛이 꿈속에서 꿈 밖으로 비쳐 나오는 시인의 눈빛 한 줄기는 아니었을까. 나는 첫머리에서 이 글이 시인의 눈빛 한 줄기를 만나는 길이라고 썼다. 이 글을 쓰면서 나는 다만 시인의 눈빛이 아니라 눈을 더듬은 것이었는지도 모른다. 하지만 시집을 읽어 나가는 동안 마음속에서 시인의 눈은 서서히 사라지고, 눈빛만 남았다. 기원 없는 눈빛 한 줄기, 그것이 시집을 덮으면서 내가 발견한 마지막 무엇이다. 그것은 어쩌면 '놀이'도 '무위'도 아닌 어떤 것일 수 있다. 후학의 어리석음으로는 끝내 알 수도 말할 수도 없는 것이어서 다만 죄송스러울 뿐이다.